AF398928

Jack Norton

Detective privado

Tres rosas.

Juan José Donaire García

Impresión y editorial: BoD – Books on Demand
info@bod.com.es - www.bod.com.es
Impreso en Alemania – Printed in Germany
ISBN: 9788413737447

CAPÍTULO ÚNICO.

—*«Nunca deberías haber vuelto André, me lo prometiste, comprometes mi reputación, vete…vete… vete»*…

— ¡¡¡Corten…!!! ¡¡¡Corten…!!! —el director de teatro Fernando Ballesteros interrumpe la escena inicial de la obra. —Vamos a ver Alexia, cíñete al guion por favor, lo tienes escrito, es una carta, solo tienes que leer —se lleva la mano a la frente—. *«Nunca deberías haber vuelto a París André»*… Se supone que estamos en París Alexia—. Estamos a dos horas del estreno Alexia, está bien… tomemos un descanso —Fernando cree que hay un exceso de presión—. Alexia en menos dos horas el teatro estará a tope, lo más selecto de Madrid llenará esa platea, y yo estaré ahí, en mi palco. Por favor ve al hotel y descansa un rato.

—Fernando, estoy harta, no logro concentrarme, es superior a mí —tiene los ojos brillosos está a punto de llorar—. Es mucha presión Fernando, todo tiene su límite, y yo he llegado a mi límite, me va a estallar la cabeza.

—Vamos a ver Alexia, el autor introdujo esos anteojos para facilitarte la lectura, además fue un acierto, van muy acordes con la época. Solo tienes que leer, nada más.

—No es ese el problema Fernando, es que no entiendes nada—. ¿Qué hace ella en tu palco?

—La invité yo, ahora no salgas con eso, no tiene ningún sentido. Vicky asistirá al estreno, no pasa nada.

— ¿Ahora te gustan las jovencitas?

—Alexia, ya vale, Vicky es una actriz de la compañía. ¿Te digo yo algo de tu relación con Brenda? —Fernando se muestra indignado—. Lo nuestro se acabó Alexia.

—Voy un rato al hotel sí, tal vez sea lo mejor. Por cierto, los anteojos se llaman quevedos —se retira no sin echar una última mirada penetrante al que un día fue su pareja.

—Está bien, nos vemos después Alexia y descansa por favor, te quiero radiante esta noche —intenta rompen el hielo de la frialdad de las inquietantes miradas.

El vestíbulo del Teatro Real se empieza a colmar de lo más distinguido y glamuroso de la sociedad madrileña, el acontecimiento lo merece, el estreno de la obra protagonizada por la gran actriz Alexia Salazar es lo más esperado de la temporada.

Atrás quedaron los felices años veinte, donde lo fuesen, y los angustiosos y perversos días de la guerra civil española.

A finales de los años cuarenta hay en España un singular contraste entre una población que lucha por sobrevivir a las hambrunas y una sociedad acomodada y alineada al bando ganador del conflicto armado y ajena a la gran guerra europea que ha tocado a su fin no hace mucho, dejando un escenario de difícil definición. Corre el año 1949. En esta época lo que prima son los pactos de alineación y el sostenimiento a una paz duradera, los gobiernos de distintos colores e ideologías colaboran aunque tapándose la nariz para mantener la seguridad de la sociedad civil.

Es el nuevo sistema de diplomacia que hace que las policías de distintos estados presten servicios de colaboración a nivel internacional.

Jack Norton es un prestigioso detective privado y ciudadano norteamericano, sin embargo trabaja en Europa, concretamente en el Reino Unido, si bien interacciona con las policías del resto de países occidentales, incluso en España a pesar de la férrea dictadura del momento.

Para Jack trabajar en España es gratificante, no en vano es hijo de una mujer española.

— ¡Caramba! ¿Quién me lo iba a decir…? Es el mismísimo Jack Norton. ¡¡¡Jack!!! ¡¡¡Jack!!! ¿Cómo usted por aquí? Le hacía en Londres.

— ¡Inspector Quintero! Don Eduardo, encantado de verle, llevo algunos días en Madrid, sabe usted que la tierra tira —se refiere a la tierra natal de su madre, concretamente ella era gaditana—. Y no quería perderme este estreno, como a usted a mí también me entusiasma el teatro.

—Querida, te presento a Jack Norton, el detective más famoso de Londres. Jack, mi esposa Sara —la distinguida esposa del inspector Quintero dirige su penetrante mirada hacia Jack que él no sabe bien cómo interpretar.

—Encantada señor Norton, ¿Es usted británico?

—Mucho gusto señora Quintero, no, no, en realidad soy neoyorquino, nací allí. Pero vivo y trabajo en Londres, hace años que colaboro con Scotland Yard y con otras policías europeas en asuntos especialmente escabrosos, también trabajo en ocasiones para la policía española —Jack intenta no quedar atrapado por el embrujo de la belleza de la mujer de su amigo el inspector.

—Pues nadie diría que es usted norteamericano, tiene un castellano impecable —señala Sara.

—Bueno gracias señora, tampoco es tan raro, mi madre era de Cádiz, mi padre era el americano, un militar destinado en ese lugar y yo pasé parte de mi infancia allí, cosas del destino.

— ¿Algún caso interesante por aquí Jack? —pregunta Sara.

—No, ningún caso y menos de importancia, en realidad he aprovechado para pasar unos días de asueto, me encanta esta ciudad.

—Discúlpenme, voy a ver dónde me han ubicado, intenté contratar un palco y fue del todo imposible, tuve que conformarme con una entrada en el patio de butacas.

—Vaya, vaya… luego nos vemos. —la sonrisa y la insistente mirada de Sara es del todo lasciva e incluso insinuadora.

—En efecto, nos veremos luego. —responde Jack.

—Un hombre interesante querido, ¿Cómo es que le conociste? —le pregunta Sara a su esposo.

—Sin duda que lo es, interesante e intrigante. Participó en el caso de un robo de diamantes cuando aún estaba yo en el departamento, y si no es por él, aún estarían buscando a los autores y en otros casos de homicidios.

—Vaya, sí, sí, parece un detective de novela.

—Vamos Sara, tenemos que subir también a nuestro emplazamiento.

El matrimonio Quintero ocupa el primer palco a la derecha del gran teatro, es el lugar más distinguido y exclusivo del mismo.

En el otro lado justo enfrente está el palco ocupado por Brenda, actual pareja de Alexia que asiste a todas las funciones de la temporada teatral, sin embargo no se conocen.

La vida de Alexia dio un giro al romper su relación con Fernando, el director de la compañía y rehacer su vida con una mujer. Fernando junto a su acompañante ocupan el palco del segundo piso, justo encima del ocupado por el inspector Quintero y su esposa.

Jack es un hombre previsor, sabe de sobra donde está su butaca, sin embargo necesita analizar cada detalle del entorno, es como una deformación profesional.

La expectación es máxima, Jack se entremezcla con los asistentes, cualquier comentario es interesante para él.

Se rumorea que Alexia Salazar no está precisamente en su mejor momento, la ruptura de su relación amorosa con el director Fernando Ballesteros ha sido traumática y puede haber afectado a su carrera de actriz. Mucho más desde que se le ve acompañado de la bellísima joven actriz Vicky Ortega, de origen venezolano.

Jack observa que desde el palco de Brenda, ésta con disimulo lo mira a través de unos diminutos prismáticos y a él le llama la atención.

Seguidamente Brenda dirige su mirada hacia el palco que ocupa el matrimonio Quintero.

La función está a punto de comenzar, se apagan las luces del patio de butacas, los palcos ahora son oscuras estancias solo con un ligero reflejo de la iluminación del escenario.

Se abre el telón y un enorme aplauso del público recibe a la gran actriz Alexia Salazar, ésta con una gran sonrisa hace una inclinación de cabeza dando las gracias por la calurosa acogida.

Empieza la función…

— *«Nunca deberías haber vuelto a París André, me lo prometiste, comprometes mi reputación, vete… vete… vete»* —esta vez sí, la experimentada estrella teatral no falla en los momentos importantes, Fernando lo sabe y desde su palco sonríe abiertamente y aplaude aunque silenciosamente.

Jack además de ver la obra teatral observa como es su costumbre detenidamente los movimientos de todo el entorno y los asistentes, sin duda intenta despejar asuntos que desconoce y trata de consolidar sus conjeturas con respecto a los acontecimientos. Esta vez en concreto le extraña no haber visto a la bella dama que luce un hermoso vestido blanco del palco en el vestíbulo de entrada, que más tarde sabrá que se trata de Brenda, la actual pareja de Alexia, por el momento está intrigado.

Intuye que tal vez entró antes que él, o con el tumulto no coincidieron.

Termina el primer acto… un más que caluroso y cerrado aplauso pone fin a ese primer acto magistralmente interpretado por toda la compañía y especialmente por su actriz principal.

Las luces del teatro es encienden, casi nadie abandona sus localidades, apenas en diez minutos la función empezará de nuevo en su segundo acto.

Es momento para echar un vistazo alrededor y ver que todo es regocijo y el público está entusiasmado con la obra y el retorno de Alexia Salazar a los escenarios.

Desde su palco Sara se asoma sutilmente para evitar ser demasiado perceptible, dirige la mirada hacia el detective americano, sin duda le atrae su personalidad e incluso se podría decir que algo más.

Jack la mira y esboza una tímida sonrisa que Sara le devuelve a modo de una cierta complicidad.

El segundo acto está a punto de empezar, se apagan de nuevo las luces y vuelve la intimidad de la semioscuridad, se abre el telón y de nuevo aplausos seguidos de un silencio expectante.

Pasados unos momentos Jack observa un ligero movimiento en el palco del matrimonio Quintero, atento de cualquier tipo de irregularidad percibe que se trata simplemente de un camarero que asiste al inspector y su esposa, parece descorchar una botella de champán.

También detecta que hay una tercera persona en el palco, permanece en la parte trasera en un segundo plano, se trata de la asistenta del matrimonio que les acompaña a todas partes.

— ¡Brindemos cariño! —Sara sonriente le ofrece una copa de champán a su esposo.

—Sí… brindemos. Estamos viendo una actuación excelente —comenta el inspector, es un gran aficionado al teatro y no digamos si se trata de Alexia, corre el rumor de que les une algo más que una simple amistad.

Desde su butaca Jack observa aquel brindis y Sara levanta su copa a modo de dedicatoria hacia él. En ese momento evita el cruce de miradas, algo le dice que no debe manifestar ningún gesto de complicidad.

De nuevo una gran ovación pone fin al segundo acto, y de nuevo se encienden las luces del teatro.

Solo resta el capítulo final en un tercer acto que parece que va a ser apoteósico.

Jack mira de nuevo al palco del inspector, ahora no hay ningún movimiento, le sorprende… tal vez Sara se ha molestado ante su esquivo gesto y no se asoma para mirar hacia el patio de butacas.

En el palco de enfrente todo sigue igual, ningún movimiento por parte de Brenda, que no se ha ausentado al parecer en ningún momento de su localidad. Pero mira insistentemente al palco del matrimonio Quintero al mismo tiempo que observa al público en general y especialmente a Jack Norton, no lo conoce, sin embargo detecta que puede ser un policía o alguien al servicio de la seguridad del teatro, tal vez eso le hace sentirse segura.

A Jack le atrae la dama del vestido blanco, ignora que es la pareja de Alexia. Pero ese atractivo no es solo por su indiscutible belleza, se trata de un cierto misterio que desprende la hermosa mujer.

Al apagarse la luz de nuevo para dar comienzo al tercer acto algo le llama la atención a Jack. Brenda se levanta de su asiento, no lo había hecho en ningún momento hasta ahora, pero es solo un instante, de nuevo vuelve a ocupar su butaca. Aunque a Jack le parece haber visto una sombra que se movía, tal vez algún camarero que pasaba por el pasillo interior de los palcos.

Jack piensa que algo está sucediendo y se le escapa qué puede ser, no deja de mirar los movimientos de ambos palcos, todo es un poco raro, en el del inspector ningún movimiento y en el de la dama del vestido blanco tampoco, es más ha dejado de mirar con sus prismáticos.

—Vamos… debes irte ya. Coge mi abrigo en el guardarropía con este ticket, yo recogeré el tuyo, dame tu ticket y no hables con nadie.

En el vestíbulo el recepcionista del teatro ve a Brenda que se dirige hacia la salida, le sorprende, siempre antes esperaba a Alexia para marchar juntas. Pero no pregunta, por temor a meterse donde no le llaman. Ella también parece esquivar un poco el contacto.

De pronto… un grito terrorífico rompe el silencio, no se trata de una escena de la obra, el grito procede del palco ocupado por el inspector Quintero y su esposa Sara. Hay incertidumbre entre el público y se interrumpe la función… algo está sucediendo.

Pasados unos pocos instantes Jack observa que hacen entrada unos policías uniformados comandados por un inspector. Se dirigen hacia arriba probablemente al palco en cuestión.

Jack no duda un instante, se dirige también hacia allí para averiguar qué ha pasado.

Hay un gran revuelo en los pasillos que dan acceso a los palcos y en la escalera que da acceso al vestíbulo principal del teatro. Jack se abre paso entre la multitud que dificulta el paso hasta el palco del inspector.

— ¡Atención! Les habla la policía, despejen la zona, se ha producido un crimen —es la voz del inspector que ha llegado al lugar de los hechos.

— ¿Qué ha pasado? —pregunta un caballero.

—Se lo acabo de decir, se ha cometido un homicidio, despejen la zona y que nadie abandone el teatro hasta nueva orden —el joven inspector indica a sus agentes que controlen la situación y conduzcan al personal al vestíbulo del teatro —no toquen nada, no vacíen las papeleras e identifíquense en el vestíbulo ante los agentes que están allí.

—Buenas noches… —Jack llega al lugar de los hechos y se dirige al inspector de la policía.

— ¿Quién es usted? Vaya con los demás al vestíbulo.

—Soy Jack Norton, detective.

— ¿Ha dicho Jack Norton… el famoso detective? Disculpe, no lo había reconocido. Soy el subinspector Eduardo Espinosa, el inspector Quintero era mi superior hasta que se jubiló. Hemos venido en menos de cinco minutos, la comisaria está aquí al lado.

Y dígame. ¿Estaba usted en el teatro?… ¿ha visto algo?

—En efecto, estaba en el patio de butacas y no he visto nada —Jack no es persona de hacer comentarios sin análisis basados en hechos demostrables.

—Está bien… pasé señor Norton.

—Espero que no hayan tocado nada —señala Jack.

—No, no, aquí no ha entrado nadie. Pero lo más extraño es que el inspector tiene una daga en su mano, espero que no haya sido él quien ha matado a su esposa, es inconcebible para mí, lo conocía bien.

—Sí, ya veo… que nadie salga del teatro… quiero interrogar a algunas personas, si usted me lo permite claro —señala Norton.

—Por supuesto, claro que se lo permito, más tratándose de este caso, sé que el inspector era amigo suyo.

—Así es y dígame, ¿se sabe quién gritó? ¿Quién encontró primero al inspector y su esposa muertos?

—Fue su asistenta, que volvía del guardarropía con el abrigo de la señora —responde el subinspector Espinosa.

— ¿Dónde está ahora? —pregunta Jack.

—Ahí, atendida por un agente, está destrozada la muchacha por la impresión.

—Está bien… ahora hablaré con ella, cuando se calme un poco, que no se vaya.

En la mesita de servicio hay dos copas y una botella de champán y junto a ella tres rosas.

Sara presenta una herida mortal en el costado izquierdo sin duda ocasionada por esa daga que sostiene su marido en la mano. Pero Jack ve en la boca del inspector Quintero algo de espuma.

—Enseguida llegan los técnicos para buscar huellas y algún indicio señor Norton.

—Muy bien, mientras deje a un agente aquí en la puerta, no puede entrar nadie y hasta ese momento, encárguese de eso Espinosa por favor.

—Sí, desde luego, ¡Ibáñez!, que nadie se acerque aquí.

—Descuide, a la orden —el agente se sitúa en la puerta del palco para impedir que alguien pueda entrar y modificar algo del lugar del crimen.

—Espinosa vamos a preguntar dónde hay un despacho o un lugar apropiado para los interrogatorios.

—Voy a buscar al director o al encargado del teatro.

Llegan al lugar Alexia Salazar y su compañera Brenda.

—¡¡¡Por dios!! ¿Qué ha pasado aquí? ¡¡¡Eduardo!!!… ¡¡¡Eduardo!!! ¡Sara! ¿Ella también? —Alexia rompe a llorar desesperada, su pareja la abraza y la consuela en su dolor. Jack se da cuenta del tipo de relación que las une.

—Alexia, cálmese por favor, ya no podemos hacer nada, solo averiguar quién ha sido, eso es todo. Antes de nada apúntenme sus domicilios y teléfonos en este papel y en principio pueden marcharse —Jack intenta frenar el llanto y trata de calmar la situación, ambas mujeres estaban fuera de toda sospecha, no creyó necesario que permaneciesen más tiempo allí—. Mañana con más calma yo hablaré con ustedes, pueden marchar si lo desean, aquí no es bueno que estén.

—Nos hospedamos en un hotel, aquí junto al teatro, muy cerca —señala Brenda.

—Está bien, escriba usted el nombre del hotel aquí, ella está muy nerviosa, ya les avisaremos. —pero Alexia no deja de llorar y Brenda prefiere esperar, se dirigen al vestíbulo.

—Espinosa… ¿El inspector Quintero era zurdo? —le pregunta Jack discretamente para evitar que nadie lo oiga.

—No, no, era diestro, lo recuerdo perfectamente fue mucho tiempo el que estuve a sus órdenes —responde Espinosa.

—Está bien, que lleven las copas y la botella al laboratorio, ¡Ah! Y también las rosas —Jack intuye que el inspector ha sido envenenado.

—Señor Norton… ¿Cree que ha sido envenenado? ¿Cianuro tal vez?

—Lo dice por la espuma… no, no es cianuro, aunque esperaremos al informe del laboratorio.

— ¿Cree que el asesino de Sara es una persona zurda señor Norton?

—Sin duda amigo Espinosa, es alguien zurdo.

—Entonces queda descartado que haya sido el inspector, ¿no es así? —el joven Espinosa no es capaz de asimilar que el inspector sea el culpable del terrible homicidio.

—En principio sí, queda descartado, alguien ha querido simular un asesinato pasional y un suicidio posterior —responde Jack.

— ¿Qué hacemos con la gente, el público? —pregunta Espinosa.

—Pueden irse todos excepto los camareros y las personas de servicio del teatro. Prepárenlos para interrogarles. Especialmente al camarero que sirvió el champán y a la encargada del guardarropía. Pero empezaremos por la asistenta del matrimonio cuando esté dispuesta.

A Jack le pareció muy extraño que la asistenta se ausentase tanto rato del palco para que se pudiese producir el crimen. No sabía el encargo que Sara le hizo de coser un botón del abrigo. Mientras sigue analizando todos los pormenores en el lugar para intentar ver algo que facilite pistas para la investigación.

—Señor Norton, soy el director del teatro, me ha dicho el inspector que necesitan un despacho, pueden usar el mío está aquí en esta misma planta, al final del pasillo. Si precisan algo más estaré con el público y los empleados en el vestíbulo.

—De acuerdo, no, nada más, muchas gracias.

Jack se dirige al despacho pensativo y ordenando ideas.

—Señor Norton… La chica está dispuesta, si quiere empezamos con ella —le dice el subinspector Espinosa.

—Sí, sí, voy enseguida —responde Jack.

—No se preocupe Cris, está en buenas manos, el señor Norton es un gran detective y no tiene nada que temer —Espinosa tranquiliza a la joven.

—Vamos Cris, entremos aquí en este despacho. Me llamo Jack Norton, no soy policía, soy detective. ¿Está preparada para contestar a unas preguntas?

—Sí señor Norton, pero es que no entiendo nada.

—Tranquila, a ver… explíqueme, ¿qué pasó?…

—La señora me mandó a buscar su abrigo, yo creí que tenía frío pero no hacía frío, pensé que no se encontraría bien.

—Bien, ¿cuándo fue eso, quiero decir a qué hora si lo sabe o en qué momento de la obra?

—Fue después del primer descanso, pero me dijo que había un botón descosido y que buscase la forma de coserlo. No fue fácil, menos mal que Ana, una camarera tenía hilo y aguja y conseguí coserle el botón.

— ¿Ana dice? —pregunta Jack.

—Sí Ana, una chica muy amable.

—Cris, ¿recuerda si ya estaba la botella de champán cuando se ausentó del palco? Piénselo bien, no hay ninguna prisa.

—No, no estaba, precisamente me cruce por el pasillo con el camarero que la llevaba.

— ¡Ah! Bien, y se fijó si el camarero llevaba flores, es decir rosas para llevarlas al palco. Es importante, trate de recordar.

—No, no, no tengo que pensar, solo llevaba la botella y dos copas, nada más, salvo que las llevase ocultas, eso no lo sé señor Norton.

—Está bien, y ¿Cuánto tardó usted en ir y volver de recoger el abrigo, en todo eso, aproximadamente?

—Pues no lo sé, tal vez media hora o algo más, no lo sé.

—Bueno, y al regresar al palco… no había nadie, solo el inspector y la señora. ¿Es así? —pregunta Jack.

—Sí señor, pero muertos y yo… —la joven rompe a llorar, Jack trata de calmarla—. No llore Cris, cálmese, es muy joven, ¿llevaba mucho tiempo al servicio en casa del matrimonio?

—Jack… ¿va todo bien?

—Sí, gracias Espinosa, enseguida estamos.

—Sí señor, desde los catorce años, tengo dieciocho.

—Tranquila Cris, ya hemos terminado, ahora un agente le acompañará a su casa y debe descansar. ¿Dónde vive?

—Yo vivo… vivía con los señores en su casa.

— ¡Ah! En ese caso, ¿quiere ir allí o prefiere ir a otro sitio?

—Tengo una tía mía, puedo ir allí, porque sin ellos…

—Muy bien pues un agente la acompañará hasta casa de su tía, ¿de acuerdo? Ya le avisaremos si fuese necesario.

—Jack trata de tranquilizar de nuevo a la joven asistenta —mañana yo la llamaré por si necesita algo, déjele el teléfono al agente que le acompaña. Y Cris… no se preocupe por nada. Adiós Cris.

—Adiós señor Norton, gracias.

— ¡Espinosa! Que acompañen a Cris donde les diga y que apunten su teléfono.

—De acuerdo señor Norton —el joven y abnegado subinspector confía plenamente en Jack, su jefe el inspector Quintero le había hablado mucho de él

— ¿Cómo ha ido con la chica Jack? Perdón por llamarle Jack —sonríe.

—Perdón… ¿Por qué? Me llamo así y así quiero que me llame y no tanto señor Norton —ambos sonríen.

—De acuerdo señor Norton… quiero decir…Jack.

—Bueno vamos con el siguiente, ahora me gustaría seguir con la camarera, Ana… ¿Está por ahí?

—Sí, desde luego, aquí no se mueve nadie, solo el público como hemos dicho.

—Bien. —Jack ya tiene claro a qué hora ocurrió todo.

—Pues que venga Ana por favor —Jack quiere contrastar la versión de Cris, para nada desconfía de ella, pero sabe que está muy nerviosa, tal vez algo se le puede haber escapado.

— ¿Ana… es usted? Adelante, pase por favor…

—Sí soy Ana, buenas noches…

—Buenas noches Ana. Seré breve… ¿Usted no llegó a entrar en ningún momento en el palco del matrimonio Quintero, es así?

—No, no señor, fue mi compañero Sebastián quien hizo ese servicio.

—Entonces, ¿cómo contactó Cris con usted?

—Yo estoy al servicio en la barra del bar del teatro y también en el guardarropía ya que está junto al bar. Y esa chica, Cris, me pidió aguja e hilo para coser un botón del abrigo de su señora. Allí no tenía, pero la vi muy buena muchacha y apurada y le dije que en mi taquilla sí tenía, por si se descose algo del uniforme y eso, y se lo facilité.

—Muy bien… y ¿Cuánto tiempo transcurrió desde que ella llegó al bar hasta que terminó de coser el botón?, aproximadamente.

—Pues no sabría decirle, una media hora o así.

—Perfecto Ana, ya puede usted marchar tenemos sus datos, puede ir para casa.

—Pero estoy de servicio todavía, no puedo irme.

—Sí, sí, puede usted irse a su casa cuando quiera, no hay ningún problema. Perdón, una pregunta más, ¿es costumbre en el servicio llevar rosas a los palcos junto a las consumiciones?

—No, no señor, salvo que lo solicite el cliente.

—De acuerdo, puede marchar, yo hablaré con el director para que pueda marchar para casa.

—Gracias señor Norton.

Jack estaba atando cabos que fuesen despejando el entramado de este caso aparentemente sencillo pero no tanto.

— ¡Rafael! —Jack llama al subinspector Espinosa.

— ¿Es a mí? —pregunta Espinosa.

—Sí, claro… Yo soy Jack y usted Rafael… ¿recuerda?

— ¡Ah! Sí, sí, claro encantado —ambos vuelven a sonreír, la relación del policía y Jack es de conexión no solo profesional, ambos se reconocen como personas compatibles para su trabajo.

—Vamos con Sebastián, el camarero… y una cosa, aprovechando el momento, por favor que me traiga un té con leche, pero que me lo sirva aquí… ¿de acuerdo? Y usted lo que quiera. Yo es que desde que vivo en Londres lo del té, ya sabe.

—Sí, sí, aquí somos más de café, yo tomaré un café, espero poder dormir esta noche.

—Bien, y por favor quisiera que estuviese presente en este interrogatorio —Jack quiere averiguar el nivel de percepción del subinspector, no lo ha hecho antes para no amedrentar a las jóvenes, pero con Sebastián es distinto.

—Voy a por él, enseguida venimos. ¿Té con limón me ha dicho?

—No, no, con leche por favor.

— ¡Ah! Sí, es cierto, me lo ha dicho, ¿qué cabeza tengo? —Jack piensa lo mismo—. Espero que tenga más percepción que memoria, sino mal asunto.

El subinspector Espinosa es un joven policía bien preparado pero la memoria es limitada o selectiva y a veces hasta caprichosa, lo que es intranscendental es fácil olvidarlo, lo importante no para este trabajo.

— ¡Jack! Perdón, están aquí el señor Juez y el médico forense van a proceder al levantamiento de los cadáveres.

— ¡Ah! Bien, bien… de acuerdo —responde Jack.

— ¡Vaya! Señor Norton, han contratado al mejor para este caso veo… es porque es el inspector, supongo.

—Buenas noches Señoría. No, no, no es así, estaba en el teatro y me he ofrecido yo mismo a colaborar, el inspector era buen amigo mío, eso sí es cierto.

—Bien, bien, yo no digo nada, me alegro, también era amigo mío y un gran profesional. El forense tendrá los resultados de las autopsias mañana y los informes del laboratorio también.

—De acuerdo, muchas gracias, serán definitivos para solucionar este caso —responde Jack.

— ¿Tiene algún sospechoso Jack? Le conozco y sé que es fácil que sí —el Juez sonríe de forma sarcástica.

—No, no, es algo más complejo de lo que en principio parece —responde Jack, pero no se ríe.

—Está bien, creo que quien haya cometido este asesinato debería estar temblando si supiese que es usted quien lo investiga.

— ¡Jack! El té… y el camarero, ya estamos aquí.

—Adelante vamos al despacho… Señoría, buenas noches, ha sido un placer verle aunque sea en estas circunstancias.

—Igualmente Norton, vayan, vayan… Buenas noches.

—Bueno Sebastián, me he permitido pedir un té ya que cuadraba la cosa. Buenas noches.

—Con mucho gusto señor Norton, aquí lo tiene. Se lo sirvo, y usted su café inspector…

—Sub… subinspector —apunta Espinosa.

—Está bien, y dígame Sebastián… Usted sirvió el champán al matrimonio Quintero… ¿Es así?

—Sí señor, a la hora acordada como estaba previsto.

—Y ¿Descorchó la botella allí? —pregunta Jack.

—Sí, sí, claro, es una norma hacerlo en presencia del cliente.

—Muy bien. Sí, es lo apropiado. ¿Volvió de nuevo al palco para cualquier otro servicio o algo?

—No, ya no volví —responde Sebastián.

—Perfecto, última pregunta… ¿Estuvo usted presente cuando la asistenta de los señores Quintero estuvo en el bar para pedir hilo y aguja a su compañera?

—Estuve sí, cuando Ana fue a por el hilo y demás a su taquilla tuve que sustituirla en la barra ya que también se vigila desde allí el guardarropía. Después ya fui a hacer mis servicios de palco y ellas estuvieron cosiendo en el mostrador del guardarropía el abrigo.

—De acuerdo, pues nada más, por mí parte… Rafael, ¿tiene algo que preguntarle a Sebastián?

—No, no, está bien —responde Espinosa y se siente halagado por hacerle partícipe del interrogatorio.

—Pues ya puede marchar Sebastián, déjenos sus datos y nos pondremos en contacto con usted si fuese necesario.

—De acuerdo, gracias —Sebastián se retira en el acto sin dejar de mirar a ambos investigadores.

— ¿Qué le parece Rafael? ¿Ha visto algo?

—Pues la verdad no. ¿Y usted?

— ¿Por qué cree que he pedido el té? —pregunta Jack.

—Porque es de Londres me dijo antes —Rafael ríe.

—Pues no, era para saber si teníamos algún zurdo por aquí.

— ¡Ah! Es cierto, ahora que pienso, le ha servido con la mano izquierda. ¿Sospecha de él?

—No necesariamente —responde Jack.

—Pero tenemos un zurdo eso está claro —dice Rafael.

—No, tenemos dos —responde Jack.

— ¿Dos? ¿Quién es el otro? —Rafael se queda pensativo.

—Se lo comunicaré en su momento, ahora vamos a seguir, sino esto se va eternizar. Supongo que el director de teatro me refiero a Fernando Ballesteros, ¿no se habrá marchado?

—No, no, a pesar de que estaba entre el público nos dijo que era el director y no se iría mientras no se supiese algo.

—Pues vamos a hablar con él, a ver qué nos dice ese hombre. —Jack sabe que puede ser clave para obtener informaciones o datos importantes para la investigación.

—Voy a por él Jack, está ahí fuera muy nervioso, me ha preguntado varias veces si se sabía algo.

—Rafael… con este terminamos por hoy, es ya muy tarde, mañana tenemos mucho trabajo. Luego le digo.

—De acuerdo Jack, usted manda.

—No, no, yo no mando Rafael, no, no —responde Jack—. Yo colaboro con usted en la investigación. Quien lleva el caso es usted —Jack deja claro que quien tiene asignado el caso es Espinosa y él colabora para ayudar en la investigación.

—Mañana hablaremos con el comisario y aclararemos esos aspectos, ahora ha sido una actuación in situ de lo sucedido.

—De acuerdo Jack, prepararé el informe para el señor comisario.

—Bien, vamos con el director —mira su reloj y se acaricia suavemente las sienes—. Madre mía, no tengo nada.

—Sí, voy a por él.

—Buenas noches señor Norton —Fernando se muestra inquieto y preocupado con lo sucedido, no sabe cómo ha podido suceder una cosa así en su noche de estreno.

—Pase señor… ¿Fernando es, no?

—Sí señor Fernando Ballesteros, director de la compañía de teatro.

—Usted me dirá… ¿Tengo que saber algo? —Jack intenta esta vez no tener que preguntar lo que ya sabe, en ningún momento tuvo ninguna duda de que Fernando no se ausentó para nada de su palco, pero no está tan claro porque la visión desde la platea no permite ver todo lo que sucede y mucho menos en la segunda planta del teatro. Tampoco su acompañante la señorita Vicky, actriz de la compañía parece que abandonase el palco en ningún momento, pero estamos en lo mismo. Cualquiera de ellos pudo hacerlo sin ser vistos por nadie.

—Pues no sé bien qué decirle, si se refiere a mi relación con Alexia, le diré que eso se acabó, ella se enamoró de una mujer, Brenda, al mismo tiempo sabía que tenía una relación con el inspector Quintero, no sé si sabe que Alexia es bisexual, yo tampoco lo supe hasta que apareció Brenda.

—No. —responde—. Desconocía ese dato, pero me consta desde que las vi abrazarse hace un rato en el pasillo.

Jack empieza a ordenar ideas, no cabe duda que ahí está la trama de este asunto, pero no hay un sospechoso claro entre los que hasta ahora han aparecido.

—Está bien señor Ballesteros, no tengo más preguntas para usted, puede ir tranquilo, me han dicho que estaba muy nervioso. Eso sí, déjeme su teléfono, apúntelo aquí por favor, por si hiciese falta y puede marchar.

—Sí, así es señor Norton, estaba y estoy muy nervioso a pesar de todo a Alexia le tengo mucho cariño y el inspector era un hombre apreciado por mucha gente aquí y muy aficionado al teatro. La verdad es que estuve pendiente toda la noche del desarrollo de la función, no me fijé en nada más.

—De acuerdo, no se preocupe, puede marchar, hemos terminado.

—Pues muchas gracias, entonces Alexia y Brenda… ¿Pueden irse también? —pregunta Fernando.

— ¿Pero es que están todavía ahí? Si no pensaba interrogarlas, tenía claro que ambas estaban en su lugar en cada momento.

A Jack le salta la chispa, le acaba de dar una especie de llamémosle inspiración, hasta ahora solo estaba descartando a todo aquel con coartadas creíbles, no en interrogar a los que creía controlados de antemano.

—Un momento… ¿Siguen ahí? ¡¡¡Rafael!!! ¿Están ahí Alexia y Brenda?

—Sí, así es, están esperando.

— ¡Vaya! Pues que pasen entonces, al menos las atenderemos —pensó que habían abandonado el teatro—. No contaba con esto hoy ya.

—Alexia, Brenda, el señor Norton las espera en el despacho, pasen —les indica por donde acceder al despacho donde está Jack—. Por aquí por favor.

—Espinosa, no —Jack impide que ambas mujeres entren juntas al interrogatorio—. Primero una y después la otra, es mejor.

— ¡Ah! Perdón —el joven subinspector se sorprende, Jack vuelve a llamarle por el apellido, interpreta que algo no le gusta—. Ya casi meto la pata, estaré más despierto.

— ¿Algo no va bien Jack? —pregunta Espinosa.

—No, no, todo bien, es que me ha salido el apellido, perdón, no pasa nada. Pero los declarantes siempre uno por uno, no podemos hacer careos entre ellos para evitar ocultaciones.

— ¡Ah! Entiendo Jack, entiendo, sí, sí.

—Que pase primero Alexia por favor Rafael.

—Alexia, haga el favor pase usted primero.

—Hola señor Norton.

—Hola Alexia, ¿un poco mejor?

—Bueno me voy haciendo a la idea, pero me cuesta entender todo esto.

—No me extraña, yo tampoco tengo nada claro hasta el momento. Bueno cuénteme Alexia, es mejor que no me oculte nada, confíe en mí, no saldrá nada que no tenga que salir y que no sea imprescindible para la investigación.

—No, no, si no tengo nada que ocultar señor Norton, sé que Fernando le habrá contado lo nuestro, estuvimos enamorados, muy enamorados, pero la vida da muchas vueltas, yo no fui consciente de mi bisexualidad hasta conocer a Brenda, pero me enamoré de ella. Fernando no contemplaba eso, y se nos hizo difícil pero al final lo entendió.

—Bien, eso está bien, pero veamos… ¿Cree usted que eso tiene algo que ver con este asesinato? Porque yo no veo la relación —Jack intenta averiguar qué relación tiene un posible desamor con este crimen, espera que Alexia le confiese que era amante del inspector Quintero.

—Alexia, le voy a hacer una pregunta algo delicada, conteste pero por favor no intente engañarme.

—No, no, de ninguna manera… pregunte.

— ¿Mantenía usted una relación amorosa con el inspector Eduardo Quintero? No quiero conocer detalles, simplemente, sí o no.

—Sí, la mantenía, así es. ¿Cómo lo ha sabido?

—Bueno no lo sabía pero parece ser que más de uno sí lo sabía, he escuchado más de un comentario.

—Señor Norton, le diré que Brenda sí sabía eso, que le gustase es otra cosa, creo que lo aceptaba porque me ama y yo a ella. Lo de Eduardo surgió más tarde, él venía a todas mis funciones teatrales y me traía flores, era muy amable conmigo y un poco por agradecimiento y algo más pues surgió esa relación. ¿No sé si me entiende?

—Sí, desde luego que lo entiendo. Hablando de las flores… dígame… en el palco habían tres rosas rojas. ¿Sabe usted algo sobre eso?

— ¿Tres rosas? —pregunta Alexia.

—Sí, ¿significa algo para usted eso?

—Pues verá, no sé si tendrá algo que ver, pero Brenda desde el principio de nuestra relación cada día me enviaba una rosa, todos los días, a mí me hacía mucha ilusión, era como una señal de su amor por mí. Se lo dije a Eduardo, al inspector y desde entonces él también me enviaba cada dia una rosa a casa.

— ¿Y la tercera? Tal vez Fernando se enteró de eso, no sé…él parece todavía enamorado de usted —señala Jack.

— ¿Fernando? No, no, él nunca tuvo ese tipo de detalles conmigo, otros sí pero rosas no. Y creo que lo nuestro quedó claro, hoy mismo pensó que mis nervios por el estreno eran por él, y en parte si he de ser sincera no soporto verlo con esas chicas jóvenes de las que se rodea, nada más. Lo quiero por lo felices que fuimos, ahora es otra cosa, es otro tipo de cariño, le admiro como profesional y como persona, pero ni él ni yo estamos ya enamorados uno del otro.

— De acuerdo Alexia, me ha quedado claro, pero a veces se ocultan los verdaderos sentimientos para no dañar y se convierten en causa para cometer actos que de otra forma no se producirían.

— ¿Me está diciendo que Fernando es sospechoso de asesinar a Eduardo? No lo veo capaz, y ¿a su esposa?, ¿por qué iba a matar a Sara?, imposible. Conozco a Fernando, jamás haría una cosa así.

—Está bien, eso es todo, no tengo más preguntas para usted —para Jack se abre una doble vertiente, Alexia parece ser sincera, pero podría estar encubriendo a la persona de la que estuvo enamorada —. Puede irse tranquila Alexia. Seguiremos investigando.

—De acuerdo señor Norton. ¿Puedo pedirle un favor?

—Sí claro, dígame…

—Se trata de Brenda, parece una mujer fuerte, y lo es, pero sé que sufre por todo lo mío, yo soy consciente de que no le hacía ninguna gracia mi relación con Eduardo como le he dicho, y hay algo que ella no sabe.

—Y ¿Puedo saberlo yo? —pregunta Jack.

—Sí claro, pero preferiría que quedase entre nosotros porque no creo que tenga nada que ver con esto —relata Alexia.

—Está bien, pero piense que si afecta al caso, no tendré más remedio que usarlo como proceda, téngalo en cuenta, en caso contrario, quedará entre nosotros, confíe en mí.

—Bueno pues un día, no hace mucho, recibí tres rosas en vez de dos como era lo normal. Al principio pensé que podía ser un error de la floristería, pero una de ella iba con una tarjeta, no ponía ningún nombre pero sí un número de teléfono, me pregunté quién podría ser y llamé. Era Sara, la esposa de Eduardo, no sabía qué hacer ni decir, fue ella la que se mostró muy amable conmigo y que le gustaría que fuese un día a su casa y hablar. Le dije que si pasaba algo y me respondió que no, que no era lo que pensaba, que simplemente estaba enamorada de mí. Me entró pánico y le colgué el teléfono, nunca se lo dije a Brenda, ella no sabe nada. Era lo que faltaba, que tuviese otra relación, y esta vez con la propia esposa del que era mi amante.

—Entiendo Alexia, gracias por confiarme el secreto, sin duda era una situación de lo más increíble, pero en estas cosas nunca se sabe —para Jack se empieza a encender una lucecita, pero tampoco descarta a nadie ni puede concretar cómo se despejarán todas esas incógnitas—. Está bien, por mi parte hemos terminado, tenga la amabilidad de hacer pasar a Brenda, y no se preocupe, la trataré con la mayor delicadeza y tacto, confíe en mí.

—Muchas gracias señor Norton, la amo, no lo olvide, haría cualquier cosa por ella —le extiende la mano y Jack le corresponde al saludo.

—La acompaño, vamos hablaré con Brenda, ambos salen del despacho—. Brenda, por favor pase, a ver si podemos ir pronto todos a descansar, la noche se está haciendo larga.

— ¿Todo bien Alexia? —Brenda se dirige a Alexia y le da un beso en la mejilla, ella se lo devuelve.

—Sí cariño, todo bien, te espero y nos vamos al hotel estoy agotada.

—No tardaremos Alexia —comenta Jack —. Adelante Brenda pase… buenas noches.

—Buenas noches señor Norton.

—Bueno será solo un momento, no nos conocemos sin embargo me fijé en usted en el teatro, creo que usted hizo lo mismo, ¿no es así?

—Es usted muy observador, es cierto me fijé en usted porque reconozco a un norteamericano al instante y dudaba con usted, pero casi estaba segura que era americano, yo tamb.én soy de allí, de Oklahoma concretamente.

— ¡Ah! ¿Sí? No lo sabía, ¿qué interesante? Yo soy neoyorquino, pero hace tiempo que trabajo en Europa.

—Supongo que Alexia ya le habrá contado nuestra historia, es un poco rocambolesca pero el amor es un poco así.

—Sí, es cierto —Jack ya se sintió atraído por esa mujer desde el primer momento en que la vio, pero ahora escuchándola más—. Y dígame Brenda, no quisiera desvelar ningún aspecto que las pueda perjudicar a usted ni a Alexia, lo mío es investigar un crimen, ¿qué me puede contar sobre lo sucedido?

—Pues la verdad, poca cosa, estuve en mi palco como siempre para que Alexia me viese allí, ella se calma con mi presencia y a mí me encanta el teatro y ella claro, es una actriz magnifica.

—Es cierto, a mí también me gusta el teatro. Pero a pesar de que yo la vi durante toda la función en su butaca del palco, y con eso es suficiente para descartar cualquier duda sobre usted, lo que es cierto es que desde allí tenía una perfecta visión del palco de enfrente ocupado por el inspector Quintero y su esposa, pudo haber visto algo.

—Pues sí, pero no vi nada extraño, estaba pendiente de la obra y de Alexia, no detecté nada extraño la verdad. Solo al escuchar a aquella joven gritar miré hacia allá, imaginé que algo había sucedido, pero nunca pensé en un asesinato.

— ¿Conocía al inspector Quintero?

—No personalmente, sabía de él a través de Alexia, surgió ese extraño triángulo amoroso y no tuve más remedio que aceptarlo, yo amo a Alexia.

—Lo sé, me consta, y también me consta que ella también la ama a usted.

—Sí, así es señor Norton, nos amamos la vida tiene estas cosas y hay que saber adaptarse a las circunstancias cuando amas a alguien, hace años nos hubieran echado a la hoguera por esto —Brenda sonríe, es la primera vez que Jack la ve sonreír, sin duda hay una atracción especial que podría ser mutua.

—Y dígame ¿Qué me puede contar usted sobre unas rosas? —pregunta Jack.

— ¿Rosas? Le ha contado eso ya veo. Desde que la conocí cada día recibe una rosa y lo haré siempre.

—Pero ahora recibe dos cada día —Jack está convencido que las rosas son la clave de la solución de este complicado, llamémosle triángulo.

—Sí, ese hombre le envía una también todos los días, más le valía enviárselas a su esposa, pero ya digo hay que admitir y transigir estas cosas cuando se ama a alguien.

— ¿En alguna ocasión le ha enviado alguna tarjeta, un poema o algo por el estilo? —Jack sabe por qué hace esta pregunta, trata de averiguar si Brenda sabe algo de una tercera rosa.

—No, nunca, ella sabe que soy yo quien le envía la rosa. ¿Por qué me pregunta eso? —su gesto es serio.

—No, por nada, se me ha ocurrido, a veces se hace.

—El señor Quintero compra las rosas en la misma floristería que yo, más de una vez he coincidido con su sirvienta haciendo los pedidos.

— ¡Ah! ¿Qué floristería es? —este dato le evitará a Jack recorrer floristerías para investigar.

—Una que está cerca de su domicilio, es de las mejores de Madrid.

—Bien, entonces usted es de origen hispano, ¿no es cierto? Lo digo por su apellido, Martínez es de origen español. Yo también llevo mi segundo apellido español, García, mi madre era española.

— ¡Ah! Sí, soy guatemalteca, pasé varios años en Oklahoma hasta que me trasladé a España, a Madrid definitivamente.

— ¿Trabaja usted Brenda? —Jack quiere romper el hielo con la hermosa mujer, en ningún momento quiere que se sienta mal.

—Tengo un pequeño negocio de importación de productos de mi país natal, sí, tengo cinco empleados.

— ¡Ah! Muy interesante. Bueno pues ya estamos, conviene que todos vayamos a descansar, mañana será un día duro para nosotros y son ya las dos y media de la madrugada. Si necesitase alguna cosa más me pondré en contacto con ustedes. Vamos, usted primero y no se preocupen, traten de descansar.

— ¡Rafael!, por hoy es suficiente. Mañana a primera hora nos vemos en comisaría y vemos lo que tenemos. Supongo que se han llevado los cadáveres.

—Sí, sí, hace rato, ya están en el depósito, están practicando las autopsias mañana recibiremos el informe provisional.

—Muy bien, pues todos a descansar, ha sido una noche de mucha tensión —Jack se despide de los presentes y se dirige a la salida, en la recepción está todavía el controlador de accesos y no puede por menos que hacerle una pregunta —Perdón, usted vio salir a

Brenda poco antes de la finalización de la función, según me comunican, ¿es así?

—Hubiese jurado que era ella, pero ahora he visto que estaba aquí y no la vi volver a entrar, no me moví de aquí en todo el rato, es muy extraño, tal vez me confundí.

—Bien, tal vez sí, sería otra persona, bueno no importa, gracias —se queda pensativo es algo que no le cuadra de ninguna de las maneras—. Mañana lo veré todo más claro.

— ¡Buenas noches a todos!

—Buenas noches señor Norton —responde el joven policía Rafael —está también cansado—. Vamos muchachos todos a comisaría y para casa, nuestro turno hoy ha sido un poco más largo, gajes del oficio.

Jack es ante todo metódico, incluso con los horarios y las pautas de trabajo, sin embargo cuando algo ronda en su cabeza parece no existir ni tiempo ni horarios para nada, su cerebro está en actividad plena las veinticuatro horas del día.

Dispone de la casa que recibió por herencia de sus padres a las afueras de Madrid, último destino de su padre en el Ministerio de Defensa, llamado entonces todavía Ministerio del Ejército, hacía labores de asesoramiento en estrategias militares allí.

Jack por su parte ya residía en Londres, donde colaboraba especialmente con Scotland Yard en materia de homicidios y grandes delitos.

En su residencia habitual en Londres, un lujoso apartamento en el centro de la ciudad le asiste desde hace años una espléndida dama francesa afincada en Inglaterra desde los años veinte, Veronique Dampierre, su esposo ya fallecido fue un destacado funcionario del gobierno británico de esa época. En ocasiones viaja con él en sus desplazamientos, especialmente a Madrid, está realmente enamorada de esta ciudad.

Norton al entrar en su casa lo hace con sigilo, la señora Dampierre como es lógico duerme después de estar esperándolo a su regreso del teatro. Jack accede a su habitación para no despertar a su asistenta, que por otro lado se percata de la llegada de Jack interpretando que algo importante le ha retrasado.

Mentalmente Jack repasa los escasos datos que ha recopilado durante la investigación in situ y los interrogatorios previos en el propio escenario del crimen, hasta que el sueño le vence y se queda dormido.

—Buenos días señor Norton, anoche le estuve esperando, espero que no le molestara que me retirara a descansar, era ya bastante tarde —comenta Veronique.

—Buenos días Veronique, no, claro que no, de ninguna manera, no tuve ocasión de avisarla, surgió un incidente que reclamaba mi atención y me puse manos a la obra, discúlpeme.

— ¿Algo grave Jack? —pregunta la asistenta.

—Un homicidio Veronique.

— ¿Un homicidio?

—Sí, en el teatro —responde Jack.

— ¡Vaya! Lo siento.

—Asesinaron al inspector Quintero y a su esposa.

—Madre mía, qué horror. Enseguida le preparo el desayuno.

—Gracias Veronique, un café con leche por favor será suficiente, debo ir lo antes posible a la comisaria a encargarme del caso.

— ¿Solo un café con leche Jack? Bueno, está bien, ahora mismo se lo traigo.

Jack sigue repasando los datos de los que dispone para seguir la investigación, no hay de momento nada que le sirva de hilo conductor para resolver este caso.

—Veronique, marcho, no sé si estaré para la hora de comer, no se moleste por mí, tal vez esté atareado.

—Bueno, de todas maneras prepararé algo por si acaso Jack.

—De acuerdo, hasta luego Veronique.

—Hasta luego Jack. Que vaya todo bien.

Jack se toma un taxi y se persona en la comisaría de la policía.

—Buenos días, ¿qué desea?

—Soy Jack Norton el señor comisario Montalbán me espera.

— ¡Ah! sí sí, pasé señor Norton es en aquel despacho, le acompaño.

—No, no se moleste, ya voy yo.

—Jack, Buenos días —es el subinspector Espinosa.

—Ya le acompaño yo agente.

— ¿Qué tal la noche Rafael?, ¿ha podido dormir?

—No mucho la verdad Jack, todo me daba vueltas y tengo un bebé que tambιén nos ha dado lo suyo, especialmente a mi mujer.

—Bueno, eso pasa cuando se es joven como usted, a mí no me pasa ve.

— ¿Tiene familia Jack?

—La tuve, ya no.

—Norton, qué bien que esté aquí. Soy el comisario Montalbán, ya me ha explicado Espinosa lo de anoche, yo mismo le dije que se pusiese a sus órdenes que era como un regalo que estuviese en el teatro, eso me tranquilizó un poco, no tengo gente especializada desde que se jubiló Quintero.

—No para mí comisario, pero bueno, yo pretendía ver una obra teatral, nada más, no un crimen de esta envergadura.

—Bien, pasemos a mi despacho... a ver qué tenemos, está a punto de llegar el informe del forense, parece ser que el inspector Quintana murió intoxicado por una sustancia no habitual sin embargo de fácil acceso, nicotina líquida.

— ¡Vaya! ahora entiendo lo de la espuma —comenta Jack.

— ¿Nicotina líquida? —pregunta Espinosa.

—Sí, se usa en jardinería disuelta en agua para las plagas de insectos, una dosis pequeña de una cucharilla puede producir una intoxicación grave e incluso la muerte en un niño pequeño. Y una cucharada grande a un adulto —relata Norton.

—¿Y eso se puede comprar así, sin más? —pregunta Espinosa.

—En pequeñas dosis sí, pero sí, es un veneno como tantos.

—Ahora nos toca averiguar de dónde procedía ese producto y puede que nos lleve al presunto autor.

—Bien Jack, le he dicho a Espinosa que oficialmente el caso se le asigna a él, si bien no tiene demasiada experiencia en casos de esta índole pero al tratarse de usted, puede aprender mucho y él delega en usted la investigación, ¿está de acuerdo? —el comisario está seguro que Jack es la persona idónea para resolver este asunto.

—Bueno yo acepto la colaboración en mi campo el resto es cosa suya —Jack quiere dejar claro que el ámbito policial es cosa de la policía, él dirigirá los aspectos técnicos de la investigación.

—De acuerdo, así lo haremos —señala el comisario Montalbán.

—Espinosa, ¿está de acuerdo?

—Por supuesto, encantado de trabajar con Jack Norton, es un honor —contesta Espinosa.

—Pues venga manos a la obra, adelante, si necesitan algo estaré en mi despacho. Cojan un coche y si necesitan un agente para conducir.

—No, no, ya conduciré yo comisario —responde Espinosa.

—Bien, Tengo el informe, iré examinado por si veo algo, ustedes a la investigación. Por cierto, las huellas encontradas en el escenario del crimen son todas del inspector y de su esposa, tanto en la botella como en el resto, en la daga solo las del inspector Quintana, ni siquiera del camarero —comenta Montalbán.

—No claro, era de esperar, el camarero usó guantes, es obligatorio en su servicio —señala Jack

— ¿Por dónde empezamos Jack?

—Será, ¿por dónde seguimos? Empezamos ayer ya recuerda —comenta Jack.

—Es cierto —responde Rafael.

—Haremos una visita al domicilio del inspector Quintero, tal vez allí encontremos algo, avise a Cris la asistenta a ver si puede acompañarnos ella conoce la casa.

—Voy a llamarla, está en casa de su tía.

—Sí, no la asuste, dígale que solo vamos a echar un vistazo y podrá volver con su tía. Dígale que pasaremos a recogerla en quince minutos, que esté lista.

—De acuerdo.

—Es ahí señor Norton, esa casa.

—Sí, Rafael conoce la casa del inspector. Pare Rafael.

— ¡Ah! Claro —comenta Cris.

—Pasen, adelante, ¿que desean ver?

—En principio ¿Dónde está el jardín? Me refiero a las herramientas y eso.

— ¡Ah! Sí, allí en aquella caseta —es una espléndida caseta de madera acorde con el hermoso y cuidado jardín.

—Pues vamos para allá.

—Voy a recoger mis cosas señor Norton, no sé si volveré aquí más —indica Cris.

—De acuerdo haga sí.

—A ver qué es lo tenemos por aquí, tenía un buen equipamiento, aquí hay de todo, le gustaba cuidar los jardines no cabe duda —comenta Jack

— ¿Ve algo Jack?

—No, lo malo es lo que no veo, aquí hay un hueco vacío entonces…

— ¿Qué Jack? —pregunta Rafael.

—Pues los insecticidas, no hay ninguno, es muy extraño.

— ¿Entonces? —pregunta de nuevo Espinosa.

—Rafael no se da cuenta, está claro que podría usar nicotina líquida a modo de insecticida, pero, ¿quién pudo llevárselo de aquí?, solo Sara o en su caso Cris, nadie más.

—Madre mía Jack, cree usted que Sara pudo envenenar al inspector y él la mató con la daga. Pero, ¿por qué llevaría el inspector la daga? No entiendo nada.

—Espere Rafael, todavía tenemos que averiguar si realmente aquí había nicotina líquida, no lo sabemos con certeza.

—Cris, por favor, ¿puedes venir un momento?

—Sí dígame señor Norton.

—Tú sabes, perdona que te tutee pero me pareces tan joven, de hecho lo eres.

—Pregunto, ¿tú sabes si aquí el inspector guardaba los insecticidas o algo para las plagas vamos?

—Pues verá yo no entiendo mucho de eso pero creo recordar que hacía él una especie de mezcla o algo y pulverizaba las plantas sí, pero no veo el recipiente aquí ahora.

— ¿Pero estaba aquí antes? —pregunta Jack.

—Sí, sí, era un bote pequeño y luego lo disolvía en agua y no sé si algo más, no está no. Estaba justo ahí en ese hueco de ahí.

—Bien, ve a hacer lo tuyo, tenemos suficiente con eso, ¡Ah!, espera y el cuchillo, la daga, ¿había aquí un cuchillo como un puñal digo?

—Sí, hay varios en aquel cajón. Pero no sé si falta alguno o no, nunca toco ahí, pero sé que los había.

—Vale, está bien.

—Rafael, probablemente la daga procedía de aquí también. Todo apunta a que Sara tenía que ver mucho en este asunto. Esta pobre chica no, está claro, pero no descartamos nada, eso no, téngalo en cuenta, a veces el que menos se piensa…

—Madre mía Jack no veo a esta chica capaz de empuñar un cuchillo y matar a su señora, no lo veo.

—Bueno sigamos.

—Yo ya estoy señor Norton, cuando quieran nos vamos, estar aquí me pone nerviosa.

—Sí, sí, vámonos.

—Adónde nos dirigimos Jack.

—Dejamos a Cris primero y después ya le digo.

—De acuerdo.

—Ahí vive mi tía, ¿quieren que les prepare un café o un té? —pregunta Cris.

—No, no gracias, tenemos prisa Cris.

—Adiós, que vaya bien. Cuídate.

—Adiós señor Norton y compañía.

—Vamos Rafael, hacia la floristería enseguida, allí puede que tengamos algo importante. Está cerca de donde estábamos tenemos que volver, pero quería dejar a Cris primero. No debe saber nuestros pasos, podría ser un error, aún no está descartada del todo.

—Sí es cierto, increíble pero cierto —comenta Rafael.

—Ahí Rafael, es la floristería... pare.

—Buenos días, ¿es usted la encargada?

—Sí señor, ¿qué desean?

—Verá, queremos hacerle unas preguntas. Somos de la policía señora, investigamos un homicidio —indica Espinosa al mismo tiempo que le muestra su placa identificativa.

— ¿Un homicidio? ¿Aquí? —pregunta la florista.

—No, no, verá, lo que queremos saber es si ustedes le proporcionaban rosas al señor Eduardo Quintana.

— ¿Al inspector? Claro todos los días, la chica venía a por ellas y otras veces las enviábamos dónde nos indicaban.

— ¿No le habrá pasado nada espero al señor Quintana? —pregunta la encargada de la floristería.

—Fue asesinado ayer en el teatro y su esposa Sara también —responde Rafael.

— ¡Madre mía!, ¿qué me dice? Pero no puede ser.

—Está bien, entonces cada día se llevaba o llevaban ustedes una rosa, ¿es así? —pregunta Norton.

—Bueno antes sí, pero ahora hace no demasiado eran dos, dos rosas cada día.

— ¿Dos rosas? ¿Para la misma dirección? —pregunta Jack.

—Sí, aquí la tengo, es la dirección de una actriz de teatro creo.

—Y dígame, ¿alguien más compra una rosa todos los días para regalar?

—No, ¡Ah!, sí, una señora también, muy elegante, también pero esa mujer viene cada primero de mes y paga las de todo el mes, y nosotros se las llevamos.

— ¿Tiene la dirección? ¿No será la misma? —pregunta Espinosa.

— ¡Anda! pues sí, no me había fijado es la misma.

—Bueno, de acuerdo —dice Jack—. Pues muchas gracias. Ha sido muy amable.

— ¡Ah! Espere, ahora que recuerdo hay otro señor, también compra cada día una rosa.

— ¿Otro? ¡Caramba! Bueno para usted es bueno eso.

—Y dígame, ¿sabe cómo se llama ese otro señor?

—Pues la verdad no, viene por la mañana se lleva su rosa y no dice nada. Creo que es algo del teatro también, pero no me haga caso.

— ¡Ah! Hay algo más, tal vez quieran saberlo.

— ¿Otro señor? —pregunta Jack.

—No, es que un día en vez de venir la chica, Cris creo que se llama, vino el inspector Quintana a buscar las rosas, pero se sorprendió de que le entregase dos, me dijo que era un error que él solo se llevaba una siempre. Le tuve que decir que no, no podía ocultárselo, que llevaba unos días que la chica se llevaba dos. Se quedó parado, pero no dijo nada, se marchó sin más.

—Bueno, pues muchas gracias de nuevo.

—Adiós señores.

—Adiós, muy amable.

—Rafael, el primero es Fernando, no cabe duda. Lo del inspector es una casualidad, iría a ver a su amante y vino a recoger la rosa, seguramente supo quién compraba esa otra rosa, la pagaba él en su cuenta, era Sara, y lo supo en ese momento.

—Aquí tenemos una batalla de flores, de rosas quiero decir y ahí está la clave de todo —indica Rafael.

—Lléveme a mi casa Rafael, debo pensar un rato.

—Almorzaremos juntos allí.

—Como usted diga Jack.

—Pues vamos —Jack necesita ordenar sus ideas, analizar esos indicios para comprender quién pudo organizar este crimen, porque fue planificado, no cabe ninguna duda.

—Bien es aquí, vamos a tomar el almuerzo mi asistenta lo tendrá preparado y mientras pensamos en todo esto.

—De acuerdo Jack.

—Buenas tardes Veronique, le presento a Rafael Espinosa, es el inspector encargado de la investigación de del caso que nos ocupa, almorzará conmigo si tiene algo preparado, sino no se preocupe. Rafael, Veronique es mi asistenta y amiga, ella se ocupa de mí y por eso llevo una vida algo ordenada.

—Gracias Jack. Encantada inspector.

—Mucho gusto Veronique, espero no causarle a usted ninguna molestia.

—De ninguna manera, siempre tengo algo preparado para Jack, lo conozco y si puede viene siempre a comer a casa. He preparado algo que les gustará creo, es un "Tall rodó", carne en salsa.

—Me suena a algo francés, es usted francesa, ¿no?

—En efecto, soy francesa, pero esta receta me la enseñó Jack, de hecho casi todo lo que hago para él, viví muchos años en Londres, olvidé los secretos de la cocina francesa y Jack se cansó de los pasteles de riñones y del "Fish and chips" típicos de los británicos. El "Tall rodó" es un plato de la gastronomía catalana, muy buena cocina.

— ¡Ah! Excelente, ya veo —comenta Rafael.

—Bueno, veamos lo que tenemos hasta ahora, en primer lugar la hora en que se produjo el crimen, fue a los pocos minutos del inicio del segundo acto, por lo tanto aproximadamente a sobre las 11 de la noche. La función dio comienzo a las diez, el primer acto duró media hora como estaba previsto a las 10.30, quince minutos de entreacto, por tanto reinició a las 10.45 en punto. Entre las 10.50 y 10.55 Sebastián llevó el champán al palco del inspector, yo mismo tuve ocasión de presenciar el brindis y el efecto del veneno sería casi inmediato, por eso entiendo que sobre las 11 de la noche se produjo el envenenamiento según mis cálculos. En ese momento Cris estaba en el guardarropía, y tardó aún bastante en volver. Me pareció ver a otra persona en ese palco, le resté importancia, pensé precisamente que se trataba de Cris, su asistenta, pero no, ella estaba cosiendo el botón del abrigo.

— ¿Y en quién piensa Jack? ¿Tiene a alguien en mente? —pregunta Rafael.

—No, la verdad es que ahí pierdo el hilo del asunto, recuerdo a Brenda en su palco, por tanto queda descartada en principio, Fernando estaba en su palco también, tuvo que ser muy rápido y tener controlado el momento para perpetrar el doble asesinato, desde arriba es difícil que pudiese tener ese control, pero no lo descarto, porque amigo Rafael es el segundo zurdo que tenemos, al hacerle apuntar su teléfono lo hizo con su mano izquierda, y aún hay una tercera persona zurda, que tenía localizada antes, se trata de Brenda, pero la hemos descartado, como le he dicho, estuvo en todo momento en su butaca del palco.

—Ahora entiendo Jack, era ella la que supo usted que era zurda y no me lo dijo claro.

—No se lo dije porque su coartada era mi propia prueba visual, no la situaba en la escena del crimen.

—Claro, claro, estuvo en todo momento allí, entiendo Jack.

—Señores, descansen su mente y deléitense con esta exquisitez, Ahí tienen…

— ¡Vaya! Menuda pinta tiene esto Veronique, la felicito de verdad —Rafael se queda atónito ante el plato de la asistenta de Jack.

—Sí, vamos a comer. Gracias Veronique.

— ¿Pero ella no come con nosotros Jack?

—No, sabe que estamos en lo nuestro y prefiere mantenerse al margen, es una mujer excelente y discreta.

—Realmente está sabroso, tiene un toque especial, no sé algo personal —comenta Rafael.

—Bueno, vamos al caso, ¿ha entendido lo que le he explicado?

—Sí, sí, estamos como se diría en un punto muerto, varias posibilidades y ningún indicio claro de nada.

—Exacto, así es amigo mío. Por otro lado tenemos el asunto de las dichosas rosas, cuatro compradores de rosas, Brenda, Fernando, el inspector, y Sara su esposa estos últimos días y tres sabemos que las recibía Alexia.

— ¿Lo sabemos?, ¿la de Sara también?

—Bueno, usted no, pero yo sí, prometí no desvelar ese asunto si no es imprescindible, pero no dude que lo haré si es así.

—De acuerdo, lo entiendo y yo confío en usted plenamente, lo sabe Jack.

— ¿Qué tal señores, cómo está eso? —Veronique sonríe.

—Excelente señora mía, muy bueno, la felicito de corazón —responde Rafael.

—Pues ahora les traigo un postre que se van a chupar los dedos.

— ¡Què maravilla! Cuando se lo cuente a mi mujer no lo creerá —sonríe abiertamente.

—Le aconsejo que no exagere demasiado, las mujeres somos muy celosas en asuntos de cocina —señala Veronique.

—Pero es imposible no decir nada ante semejantes delicias, bueno lo tendré en cuenta por si acaso —Rafael sonríe de nuevo.

—Mientras llega el postre voy a hacer una llamada telefónica desde mi despacho Rafael, un momento, disculpe.

—Sí, desde luego, yo no me muevo de aquí.

—Bueno, ya está. Entonces, veamos… si descartamos a Brenda, a Fernando, a Cris, al camarero Sebastián y por supuesto a Ana, la otra camarera, ¿qué tenemos? Nada, el suicidio tras matar a Sara por parte del inspector es también desdeñable, que es lo que pretende hacernos creer el autor.

—Llaman a la puerta. ¿Jack espera alguna vista?

—No, yo no, mire a ver.

—Voy —mira por la mirilla y ve a una joven y abre.

—Buenas tardes, ¿el señor Norton? Tengo que hablar con él.

—Sí, un momento, ¿quién le digo que es?

—Dígale que soy Cris, me conoce.

—Me dice que es Cris, que quiere hablar con usted.

—Hágala pasar Veronique.

—Pase señorita.

—Cris, ¿qué pasa?

—Señor Norton, siento interrumpirles, he recordado algo que creo que puede ser importante.

—Pues adelante. ¿Cómo sabías dónde vivo?

—Me lo ha dicho el comisario, pensé que estaría allí y le he explicado esto y me ha dicho que viniese aquí.

—Vaya, nos tienen vigilados Rafael, saben dónde estamos en cada momento.

—El comisario es mucho de hacer esas cosas, no me extraña.

—Bien, adelante, ¿qué es lo que quieres decirme? A ver si nos abres los ojos porque estamos ciegos.

—Pues que hace unos días, no recuerdo bien cuántos la señorita Brenda estuvo en casa del inspector y habló con Sara, su esposa.

— ¿Cómo?, ¿por qué no me lo dijiste antes?

—Lo recordé porque estuvieron hablando en el jardín, en la caseta y despúes me ha venido a la cabeza.

—Bueno, está bien, vuelve a casa. Gracias.

—No quisiera perjudicar a la señorita Brenda, solo que me ha parecido que debía decirlo —comenta Cris.

—Sí, sí, está bien. Te dejaremos en casa, nos viene de paso.

—Vamos Rafael, el postre puede esperar debemos hablar con Brenda, estará en su hotel, vamos.

—Sí vamos.

—Buenas tardes.

—Buenas tardes caballeros. ¿En qué les puedo servir?

—Somos de la policía, subinspector Espinosa y el señor Norton, detective. Queremos hablar con la señorita Brenda Martínez, se aloja en este hotel.

—Un momento por favor —el recepcionista del hotel llama por teléfono—. No contestan, a ver... la llave de la habitación está aquí no deben estar, su compañera debe estar en el teatro Real, aquí al lado, es actriz.

—Vale, gracias.

—Qué extraño Jack.

—Vamos Rafael, no puede estar en el teatro, está cerrado. Y Brenda no sabemos.

Al salir del hotel hay una patrulla de policía en la puerta.

—Subinspector Espinosa, tenemos una nota para usted, es del comisario Montalbán.

—A ver... deme. Gracias, pueden retirase.

—A la orden.

— ¡Caramba! Jack, dice que hay un testigo, está en comisaría.

— ¿Un testigo? ¿Quién puede ser? Bueno vamos entonces, después buscaremos a Brenda —a Jack le sorprende que haya algún testigo—. Claro, no hemos contado con alguien del público, tal vez con el desconcierto no quiso meterse en líos.

—Buenas tardes comisario, hemos recibido un aviso.

—Sí, ahí lo tienen, ese hombre, dice haber visto algo ayer por la noche en el teatro, a una mujer por los pasillos dice.

—Hola buenas tardes señor...

—Alfonso, me llamo Alfonso Castro.

—Pues díganos.

—Ya le he contado al señor comisario, salí para ir a los servicios por un problema mío de próstata ya saben, bueno, el caso es que me extrañó ver a una mujer que se medio escondía en la oscuridad, se dirigía hacia las escaleras, pensé que era raro, pero no le di más importancia.

—Se refiere hacia la salida del teatro, quiero decir hacia abajo —pregunta Jack.

—No sé si llegó a bajar, yo no la vi bajar.

—Ya, entiendo. Y se fijó en algo más, el vestido o algo.

—Creo que llevaba un vestido blanco, sí era blanco ahora lo recuerdo.

—Está bien, de acuerdo, ¿recuerda la hora?

—Fue un rato antes de lo que paso, no sé cuánto, la hora exacta no la recuerdo.

—Bueno, de acuerdo. Gracias.

—Comisario debemos buscar a Brenda, no sabemos dónde está y necesitamos hablar con ella.

—Vayan, vayan, adelante.

—Rafael ahora empiezo a ver algo de luz en todo esto.

—Espere Norton, hay una llamada para usted

— ¿Para mí?

—Sí, es del hotel, parece ser que Brenda ha vuelto al hotel.

—Responda usted comisario, nosotros salimos para allá —Jack intuye que es posible que Brenda esté en peligro, sin saber muy bien por qué—. Vamos Rafael debemos llegar lo antes posible.

—El hotel está junto al teatro, muy cerca de aquí, llegamos enseguida.

—Buenas tardes de nuevo, hemos recibido un aviso.

—Sí, he sido yo mismo —dice el recepcionista—. Tercer piso, habitación 313.

—Está bien, gracias —responde Jack—.Vamos Rafael, démonos prisa.

— ¡Brenda! Abra la puerta soy Rafael Espinosa de la policía —grita Rafael mientras pica insistentemente con los nudillos en la puerta de la habitación.

—Buenas tardes, ¿qué pasa, a qué viene tanta insistencia? —dice sorprendida Brenda—. Acabo de llegar hace un rato.

—Queremos hablar con usted, es muy urgente.

—Está bien, pasen —Brenda mira a Jack, para ver si se trata de una sospecha sobre ella.

—Brenda tenemos que aclarar algunos puntos, es necesario —le señala Jack.

—De acuerdo, pero creo que sería mejor hacerlo en privado, quiero decir con usted, si no le sabe mal al inspector.

—No, no, a mí no me importa —dice Rafael—. Es Jack quien lleva este aspecto de la investigación.

—Bien, bajemos al bar del hotel, allí podremos hablar tranquilamente —dice Jack para evitar quedarse solo con ella en la habitación—. Por cierto, ¿dónde está Alexia? ¿No está aquí con usted?

—No, ha salido a algún asunto, no me lo ha dicho, pero no tardará.

—Buenos pues la espero abajo, estaré en el salón del bar, baje cuando pueda.

—Jack, aprovecharé para mirar fuera, a ver si veo a alguien que nos vigila.

—Desde esta mañana alguien nos sigue los pasos, entiendo que es alguien mandado por el comisario, como me dijo usted, porque había un coche con una persona dentro enfrente de mi casa, no pude verle la cara, pero nos vigilaba, de eso estoy seguro —afirma Jack.

—Por eso, voy a ver si veo algo —dice Rafael.

—Yo espero a esta mujer, tengo muchas cosas que aclarar con ella.

—Ya estoy aquí señor Norton, usted dirá.

—Llámeme Jack por favor.

—Está bien Jack, dígame…

— ¿Qué desea tomar?

—Lo mismo que usted, ¿qué es?

—Bueno, lo mío es un Martini seco, soy un poco excéntrico para esto.

—Pues tomaré lo mismo, también soy excéntrica para esto y para más cosas.

— ¡Camarero! Por favor dos más…

—Enseguida señor.

—Bueno, no iré con rodeos, hábleme de su visita a la casa del inspector Quintana, sé que estuvo allí días atrás, ¿por qué no me lo dijo cuando hablamos en el teatro?

—No me pareció necesario, estuve allí sí, pero fue para hablar con Sara, le seré sincera, encontré una rosa en un armario, Alexia la escondió, iba con una tarjeta y vi un número de teléfono, llamé y era el de Sara, quedamos en vernos en su casa para hablar de un asunto.

— ¿Qué asunto? No me engañe, confío en usted Brenda, pero no intente ocultarme nada —se muestra firme y con tono amenazante, pero Brenda es una mujer templada y le aguanta la mirada.

—Está bien, se lo diré, me confesó que esa rosa se la envió ella, yo ya lo sabía, era evidente por la nota de la tarjeta, y me dijo que Alexia la llamó y al darse cuenta de que era ella y lo que le dijo colgó el teléfono. También me dijo que sabía la relación que mantenía su esposo con Alexia, y que ella se sentía atraída por ella, o sea que estaba enamorada.

— ¿De Alexia? —pregunta Jack.

—Sí, así es, de Alexia.

—Bien, ¿y qué más?

—Quería que le ayudase a urdir un plan deshacerse de su esposo.

— ¿Un plan? ¿Estamos hablando de matarlo?

—Sí, quería matarlo.

—Y usted, ¿qué le dijo? —Jack sabía que ahora le iba a mentir, lo notaba en su mirada.

—Yo le dije que no, que había que buscar otra forma para arreglar todo eso.

—Entonces, ¿qué pasó?, ¿cómo reaccionó Sara?

—No dijo nada más, simplemente se limitó a invitarme a que me marchase de su casa.

—Y dígame, ¿dónde hablaron ustedes? Me refiero, ¿en qué lugar de la casa?

—En el jardín, en una caseta donde tienen las herramientas de jardinería, no quería que Cris su asistenta oyese lo que tenía que decirme.

—De acuerdo, ahora entiendo algo de este asunto.

— ¿Seguro? Quiero decir, ¿saca alguna conclusión de todo esto? —la intención de Brenda es averiguar si sospecha de ella.

—Sí querida Brenda sí, saco más de una conclusión, de todas formas hay mucho que aclarar en todo esta serie de acontecimientos —intenta no dar por hecho que la considere sospechosa, pero realmente está claro que es así—. Mire ahí llega Alexia, vaya con ella, seguiremos hablando, nos queda mucho por aclarar, y gracias por su sinceridad.

—Gracias a usted Jack, me he quitado un peso de encima al contarle esto.

—De acuerdo, vaya con Alexia, estoy seguro que la necesita.

—Sí, voy, y gracias por el Martini.

—De nada mujer, ha sido un placer.

—Jack, veo que se va Brenda, ¿han terminado?

—Sí, así es.

—Y ¿Qué tal?

—Pues bien, me temo que tendremos que volver a la floristería, pero ya tengo cosas bastante atadas, queda algún detalle, pero saldrá, no lo dude Rafael, saldrá.

—Pues aquí fuera no he visto a nadie, quiero decir a nadie sospechoso de vigilarnos.

—Puede que se haya dado cuenta y no creo que sea mandado por el comisario, no, creo que ya sé quién puede ser, por eso vamos a volver a la floristería.

— ¡Ah! Bien, ya me dirá.

—Siempre he dicho que el asunto de las rosas es la clave de este crimen, verá Rafael es así, son cuatro compradores de rosas, por un lado Brenda, por otro el inspector, además de Sara estos últimos días y Fernando que también se ha subido al carro de las rosas. En ese caso, alguna vez Alexia hubiese recibido cuatro rosa, y no es así, eso significa que alguien no se las enviaba a ella, sino a otra persona, y ese alguien es Fernando.

— ¡Ah! Es cierto, solo puede ser él —indica Rafael.

— ¿Sabe qué? Que no hace falta que vayamos a la floristería, él no las enviaba, solo las compraba, ya lo tengo.

—Vamos mejor al teatro, espero que haya alguien, quiero hacer unas comprobaciones.

—De acuerdo Jack.

—Pare aquí Rafael. Eso son escaleras de incendios ¿lo ve?

—Sí, las hay por los dos lados del edificio, sería una ratonera en caso de incendio con una sola escalera para todos, me refiero a la que baja al vestíbulo principal.

—Sí, es cierto, y parece que tengan un sistema de esos retráctil, para evitar que alguien pueda subir y acceder desde ahí al interior para robar o algo.

—Sí, y ese sistema tiene que ser activado en caso de urgencia desde el interior sino el último tramo, el de más abajo está bloqueado para seguridad, es una altura considerable —comenta Rafael.

—Pues ya está, no hace falta ni que entremos, ya veo lo que quería comprobar —Jack tiene estructurado en su mente como pudo suceder todo sin levantar sospechas, ahora tendrá que poder demostrarlo—. Recapitulemos

Rafael, vamos a mi casa y a ver si todavía podemos disfrutar del postre que nos preparó Veronique.

—A la orden —a Rafael se le ilumina la cara, no se acordaba del delicioso postre.

—Buenas tardes Veronique, venimos a por el postre, ¿va bien?

—Claro, ahora mismo se lo sirvo, siéntense.

—Bueno, pues usted dirá Jack, yo estoy hecho un lío, entre las rosas, las escaleras, todos esos misterios de las declaraciones y no sé qué más, la verdad estoy totalmente desbordado.

—Ahora le explico Rafael. Pero claro, después habrá que demostrar mi teoría, sino no hay nada. Mi teoría es la siguiente, no hay un triángulo amoroso sino un cuadrilátero, y me voy a explicar. Brenda y Alexia están enamoradas, sin embargo ésta mantiene una relación, es decir, mantenía una relación con el inspector, ahí el amor queda algo limitado, pero es así, al mismo tiempo Sara estaba enamorada de Alexia, y su intención era deshacerse de su esposo, para ello aprovecha a Brenda que se entera de aquella rosa famosa de la tarjeta para proponerle un plan para matar al inspector, Brenda no lo admite, pero estoy seguro que lo aceptó, porque su objetivo era recuperar a la mujer que ama y estaba dispuesta a hacer lo que sea para ello. Y por último tenemos a Fernando, que sigue enamorado también de Alexia, a pesar de manifestar que todo acabó entre ellos. ¿Va cogiendo el hilo? —pregunta Jack.

—Bueno sí, algo voy cogiendo —responde Rafael mientras se toma el postre de Veronique.

—Bien pues ya está, eso es todo.

— ¡Jack! Tiene una llamada, es el comisario Montalbán, dice que es urgente y acaban de traer un telegrama urgente también, aquí lo tiene.

—Voy Veronique, gracias.

—Soy Jack, dígame comisario.

—*Jack, acabamos de encontrar el cadáver de Brenda en el hotel, estamos aquí, presenta una puñalada en el pecho, venga lo más rápido posible.*

—Entendido, vamos para allá. Rafael tenemos que irnos, acaban de matar a Brenda.

— ¿Cómo? Pero si acabamos de estar con ella no hace nada, vamos, vamos. ¿Y Alexia, no estaba con ella?

—Por lo visto no, ahora veremos qué ha pasado.

— ¿Quién ha podido ser Jack?

—No lo sé Rafael, no lo sé. ¡Vaya! Menuda sorpresa, algo así me temía, me refiero al telegrama, ¿recuerda que llamé por teléfono después del "Tall rodó" mientras esperábamos el postre?

—Sí, lo recuerdo.

—Pues bien, llamé a emigración, Brenda tiene una hermana que vive en Guadalajara, tendremos que hacerle una visita, es la clave final para resolver este caso, estoy seguro —Jack recuerda las palabras del recepcionista del teatro. *«Tal vez me equivoqué y era otra persona»* —. Eso es lo que cierra el círculo amigo Rafael, sin duda. Despúes se lo explico, ahora vamos a ver qué ha pasado con Brenda.

—Buenas tardes comisario, ya estamos aquí. ¿Algún indicio?

—Ninguno por el momento, aquí nadie ha visto nada, están al llegar los técnicos para recoger huellas y demás.

— ¡Vaya! Pobre chica, algo me temía, pero no algo así la verdad —Jack se lamenta de no haber protegido a Brenda—. Y Alexia, las dejamos juntas hace un rato, ¿dónde está?

—No lo sabemos, estamos intentando localizarla hace rato —responde el comisario.

—Qué extraño —Jack se queda por un momento pensativo—. Está bien, vamos a Guadalajara.

— ¿A Guadalajara? —pregunta el comisario.

—Sí, me han informado que allí vive una hermana de Brenda, puede ser la clave de todo.

—Manténgame informado Jack, esto se nos está yendo de las manos, no quiero más sorpresas.

—Vamos Rafael. ¿Cuánto tardaremos?

—Una hora al menos Jack.

—Bueno, en marcha. La chica se llama Lucy, se vendrá con nosotros, y esto se acabó. Si es lo que creo, mañana a primera hora reuniremos a todos los implicados y resolveré el caso, usted se encargará de avisar a todos y que acudan al teatro.

—De acuerdo Jack.

— ¿Recuerda que Fernando estaba muy nervioso ayer en el teatro? No me extraña, era para estarlo. Y no le quepa la menor duda de que era él el que nos seguía los pasos, no el comisario como pensaba usted.

—¿Entonces fue él quien mató al inspector y a Sara?

—No, me temo que no.

—Pues cada vez lo entiendo menos Jack, perdóneme.

—Mañana lo entenderá todo, se lo aseguro.

—Indíqueme Jack, voy perdido por aquí.

—Aquí tengo la dirección, miraré el mapa, siga recto Rafael, es por ahí —Jack ya tiene todo el esquema del crimen, solo le falta el último eslabón de la cadena, la hermana de Brenda, y está a punto de conseguirlo—. A la derecha y pare Rafael, es ahí.

— ¿Aquí?

—Sí, número 38, es aquí. Llame al timbre.

—No hay timbre, picaré.

—Buenas tardes, ¿Lucy?, ¿es usted? Sí ya veo que sí, el parecido es asombroso. Somos de la policía, me temo que tendrá que acompañarnos señorita.

— ¿Yo, adónde? ¿Por qué?

—No se preocupe, a Madrid, siento comunicarle que su hermana ha fallecido

— ¿Mi hermana? ¿Qué le ha pasado?

—Ha sido asesinada esta tarde, lo siento —le responde Jack. —Lucy rompe a llorar—. Lucy, cálmese, estuvo con ella ayer, ¿no es cierto?

—Sí, me pidió que fuese para hacerle un favor, y fui.

— ¿Ese favor era ir al teatro? —pregunta Jack.

—Sí, me dijo que tenía que ausentarse y que Alexia se desconcentraba si no la veía a ella allí.

— ¿Y no se daba cuenta de que no era Brenda, que era usted?

—No, no señor, Alexia desde lejos no distingue eso.

—Bueno, no se preocupe, no tenemos nada contra usted, puede estar tranquila. ¿Se marchó antes de que terminara la función ayer?

—Sí, cuando mi hermana volvió me marché, ella tenía que esperar hasta el final para irse juntas como siempre.

—De acuerdo, no lloré, averiguaremos quién mató a su hermana, no podemos hacer otra cosa Lucy —Jack trata de calmar un poco a Lucy, la ve muy afectada por la pérdida de su hermana—. Enseguida llegamos, haremos una declaración en comisaría y podrá ir a descansar a un hotel, un agente estará junto a usted para protegerla hasta que todo esto acabe.

—Por aquí Lucy, pase al despacho —le indica Rafael—. Un momento ahora vendrá el señor comisario.

—Bueno Rafael, lo dicho, convoque a todos para mañana a las 10 y procederemos a la resolución de los crímenes, son dos ya y tres víctimas, pero guardan relación evidentemente. Yo marcho para mi casa y prepararé los detalles y repasaré todas las pruebas y demás pormenores.

—Muy bien, descuide, yo me encargo de convocar a todos.

—Hasta mañana entonces.

—Hasta mañana Jack.

—Ocúpese de alojar a Lucy, no se olvide de proporcionarle protección.

—Por supuesto, sí Jack, descuide.

Han pasado 24 horas desde que asesinaron al inspector Quintero y a su esposa, y menos de cuatro que Brenda fue víctima del mismo delito. Jack tiene ya todas las claves para la resolución, ahora solo resta ordenar las cosas para que nada falle mañana, cualquier aspecto no tratado de forma correcta puede ser aprovechado para evadir la justicia del culpable o culpables de los fatídicos actos. Jack ha decidido convocar a los implicados en el escenario del crimen para demostrar in situ como se pudieron desarrollar los hechos sin que nadie se percatara de nada.

Estarán presentes los camareros Ana y Sebastián, Alexia, Cris, la asistenta del inspector Quintero y su esposa, Fernando, el director de la compañía teatral y antigua pareja de Alexia y Vicky su acompañante además la inesperada hermana de Brenda, Lucy.

—Veronique, disculpe, sé que es muy tarde, pero sería tan amable de prepararme algo, ha sido un día agotador.

—Por supuesto Jack, ahora mismo, le traeré la cena.

—No, no se moleste Veronique algo ligero por favor, es para tomar algo, nada más.

—Bien, bien, déjeme a mí —responde Veronique—.

Aquí tiene Jack, le he preparado unos sándwiches de sobrasada con queso que sé que le gustan.

—Gracias Veronique.

—Jack, ¿todo bien? Me refiero, sabe que no me gusta inmiscuirme en su trabajo pero es que lo he notado especialmente preocupado en este caso —Veronique, además de ser su asistenta es también su amiga, tal vez la persona en que más confía y sustituta accidental de la que fue su esposa desafortunadamente fallecida hace años.

—Sí, es cierto, no sabía cómo coger este asunto, tenía muchas aristas y muchos entresijos amorosos.

—Entiendo, hasta me pareció ver brillar sus ojos como nunca antes los vi, no se moleste Jack porque le diga esto —intuye que le gustaba alguna mujer y no se equivoca.

—Es usted muy observadora, pero le seré sincero, así es.

—Y, disculpe, ¿no será esa pobre chica que han asesinado esta tarde?

— ¿Cómo lo sabe?

—No lo sé, es solo una suposición, está muy afectado Jack, se le nota, nunca le vi tan abatido, en cambio ahora…

—Es cierto, me ha afectado eso, gracias Veronique.

—No hay de qué Jack, soy su amiga, lo sabe.

—Gracias, voy a descansar, mañana tengo que estar despierto para lo que tenemos por delante. Buenas noches.

—Buenas noches Jack —se dirige a su habitación, pero dormir es ya otra cosa…

—Buenos días, acomódense, enseguida llegan el señor comisario y Jack Norton y empezamos —Rafael recibe a los implicados en el asunto.

—No entiendo por qué nos han citado aquí, no le veo el sentido —comenta Fernando Ballesteros.

—El señor Norton se lo explicará, no se preocupe. Ya están aquí.

—Buenos días. En primer lugar gracias a todos por su presencia —Jack saluda a los presentes y va directamente al asunto—. Falta una persona, pase por favor —dice Jack y todos se miran extrañados.

—Bren… Fernando está a punto de nombrar a Brenda, el gran parecido de su hermana también lo ha engañado.

—No, no es Brenda, es su hermana Lucy, yo también me confundiría, de hecho lo hice la noche del estreno.

—Sin duda no ha sido fácil desentramar los aspectos de este caso, en realidad eran pocas las personas que pudieran ser sospechosas del homicidio, del triple homicidio ahora, sin embargo no siempre vemos la realidad cuando alguien trata de que no veamos lo que quiere ocultar. Lo que en un principio pudo parecer un crimen pasional por parte del inspector Quintero y un posterior suicidio, no fue así. Pero nadie de los presentes parecía sospechoso del crimen, estoy hablando del primero, luego hablaremos del otro.

—Está claro, todos nosotros estuvimos en nuestro lugar en todo momento —Señala Alexia.

—En efecto eso es lo que parece, pero no. Alguien no estaba donde en principio parece ser que sí. Hasta yo mismo fui testigo desde la platea del teatro de que nadie estaba fuera de su lugar en el momento del asesinato. Permítanme... Los hechos sucedieron así...

—El autor o autora del crimen conocía a la perfección las costumbres del matrimonio en el teatro, sabía que se serviría champán en palco pues era como digo lo habitual siempre. Y se sirvió... Sebastián llevó la botella y dos copas que dejó encima de la mesa al efecto. Sara la esposa del inspector solicitó a Cris que le trajese su abrigo que estaba en el guardarropía del lujoso teatro.

Hasta ahí todo está bien, pero… había dos, digamos conspiraciones, una por parte la de Sara, que quería deshacerse de su esposo, luego veremos la otra.

¿Por qué pidió el abrigo? ¿Tenía frío? No, no fue eso, simplemente necesitaba que otra persona entrase en el palco, pero Cris la asistenta no debía estar allí en ese momento, es por eso que la envió a buscar el abrigo y le hizo saber que un botón del abrigo estaba a punto de desprenderse, que pidiese hilo y aguja y lo cosiese. Cris se ausentó del palco para recoger el abrigo de Sara y llegó Sebastián con el champán, se habían cruzado en el pasillo, momentos después entró la asesina. —se instala un silencio sepulcral entre los asistentes, Fernando sonríe de forma algo sarcástica al saberse excluido, ha dicho asesina, también queda excluido Sebastián, el camarero pero no sonríe—. Y digo asesina porque antes he dicho que queda descartado que el inspector matase a su esposa a pesar de encontrar la daga en su mano, que colocó la asesina para simular ese hecho y hacernos creer que se había suicidado tras el apuñalamiento. Pero ni la trayectoria de la puñalada ni la mano fue la suya, era totalmente imposible. El inspector era diestro y la asesina zurda. La daga describía una dirección de abajo arriba por el costado izquierdo de Sara, por tanto desde atrás, ya que no había distancia ni ángulo entre ella y el borde de la barandilla del palco para hacerlo por alguien diestro.

—Eso es solo una suposición señor Norton. Apunta Alexia... ¿Y las huellas?

—Las huellas que aparecen en la daga eran del inspector claro, pero fue la autora quien la puso en su mano, es evidente que ella llevaba guantes, de lo contrario hubiese dejado huellas claro —argumenta Jack—. Y esto es lo que me llevó a pensar que la trama partía de ella. Fue Sara quien planificó su asesinato... sabía que su marido tenía una relación extramatrimonial con usted Alexia... y así era... ¿No es cierto Alexia?

—Sí, es cierto, pero era consentida por mi pareja, sabía de mi bisexualidad. Brenda lo sabía y estaba de acuerdo.

—Bien, bien, señala Jack. Luego veremos si era del todo así —responde Jack—. El inspector cada día enviaba una rosa roja a su amante Alexia, pues ella le confesó que Brenda lo hacía diariamente, por lo tanto recibía dos cada día. Pero un día recibió tres rosas, y una con una tarjeta. ¿Es cierto Alexia? —agacha la cabeza como admitiéndolo, pero no se pronuncia. Lo hemos comprobado en la floristería, era la misma y la facturación, estaba a nombre del inspector. Sara envió a Cris a comprar esa tercera rosa. Usted ocultó a Brenda que había recibido tres rosas ese día, la escondió en un armario y no tuvo la precaución de deshacerse de la nota, de la tarjeta. Brenda descubrió ambas cosas, había un teléfono y llamó, habló con Sara, era el suyo, quedaron en verse en casa del inspector. Y no dudó en acudir al domicilio del matrimonio para hablar con la esposa del inspector. Y fue ahí donde descubrió que Sara había seducido a Alexia a cambio de su silencio y su tolerancia. Y allí le planteó la estrategia de matar a su marido, y así recuperar a Alexia, incluso de ella que le confesó estar enamorada de ella. Brenda no está para corroborarlo, sin embargo era una oferta no rechazable, amaba con locura a Alexia —ésta rompe a llorar—. No lo dude Alexia, Brenda la amaba se lo garantizo.

—Yo también la amaba señor Norton —responde.

—El día de los hechos les pedí todos ustedes que me escribiesen sus datos y Brenda lo hizo con la mano izquierda, intenté descartar ya a los diestros desde aquel momento, sin olvidar que hay gente ambidiestra claro.

Pero aparentemente Brenda no se movió de su palco en toda la función. Y aquí es donde aparece Lucy, su hermana, le pidió que viniese desde Guadalajara para asistir al estreno con el pretexto de que ella tenía asuntos y Alexia necesitaba verla siempre en ese palco. Brenda llegó al teatro bastante antes que el resto del público, por eso no coincidí con ella, les aseguro que no me hubiese pasado desapercibida, era un mujer realmente hermosa, igual que Lucy, es evidente su increíble parecido que nos hace confundirnos a todos —todos la miran—. ¿No es así Fernando? —asiente con la cabeza—. Bien pues…

A Lucy no le gusta el teatro, lo hizo por ayudar a su hermana Brenda. También sabemos que le dijo que se pusiese un vestido blanco que era muy similar a uno de ella para que no se notase que no era ella. También le dijo que abandonase el teatro cuando ella llegase para que Alexia no notase su ausencia, es decir, que Brenda en algún momento no estuvo en su butaca, sino en la parte trasera del palco en la oscuridad, y en el momento previsto y pactado con Sara que fue al llegar el champán, Brenda se desplazó por el pasillo de rodea la zona de palcos, lo sabemos porque un testigo declaró ayer en comisaría haber visto a una mujer medio escondida mientras él iba al servicio. Era Brenda, que momentos después accedió al palco del inspector introduciendo en su copa el veneno que traía que procedía del propio jardín del inspector Quintana, un fuerte insecticida que cogió cuando fue a encontrase con Sara en su domicilio. Seguidamente, dejó sobre la mesa de servicio las tres rosas, como muestra que nos confundiese para localizar al actor del crimen, es más, sabía que Fernando también regalaba rosas diariamente a su nueva acompañante lo pudo comprobar en la floristería, y eso lo comprometía como sospechoso. Sara estaba en estado de shock, y Brenda aprovechó para ponerse detrás de su butaca con intención de no ser vista por nadie y sacó la daga, cuchillo que también cogió de la caseta del jardín del inspector y le asestó una puñalada que le atravesó el corazón a Sara, que en ningún momento pudo pensar en esa reacción de Brenda ya que habían hecho un pacto —ahora Fernando presenta una abierta sonrisa, se ve liberado de cualquier acusación contra él—. Pero no acaba ahí todo, poco después de eso, usted Fernando intentó acceder al palco con la intención de matar al matrimonio, al principio lo descarté, era mucho el recorrido desde su palco hasta alcanzar la escalera principal y recorrer todo el pasillo de la primera planta hasta el palco del inspector, pero no lo hizo por ahí, usted conocía bien el teatro, sabía que habían escaleras exteriores de emergencia para que en caso de incendio poder desalojar rápidamente el teatro, y es por ahí por donde bajó, al llegar al palco se encontró la escena de que ya habían sido asesinados y volvió rápidamente a su palco de la planta superior, debimos haberle registrado, seguro que llevaba un arma, pero no lo hicimos.

—Eso es solo una suposición señor Norton, no lo puede probar —Fernando reacciona amenazante.

—Se equivoca usted, lo puedo demostrar cuando quiera, pero no hace falta, tenemos ya una culpable del homicidio —Jack se reserva, está claro que sería difícil demostrar eso, pero Fernando no lo sabe—. Bien, prosigo… Ahora vamos con el segundo homicidio…

Durante el día de ayer el subinspector y un servidor detectamos que alguien nos seguía los pasos allá donde íbamos, al principio pensamos que era cosa del inspector.

— ¿Yo? Norton —pregunta el comisario.

—Sí, pero no era así, sabía perfectamente que confiaba en mí y también en Espinosa, sin duda.

—Está claro, estaba muy tranquilo con contar con usted en este caso —responde algo molesto o tal vez indignado—. Solo me preocupé tras el asesinato de Brenda, creí que nos enfrentábamos a una cadena de crímenes.

—Sí, es comprensible, en ese momento todavía nos faltaba una pieza para encajar el puzle, la hermana de Brenda —el comisario cambia el gesto y admite la explicación de Jack—. Ahora demostraré la segunda trama o conspiración contra el inspector y su esposa y posteriormente contra Brenda. En la conversación que mantuve con Alexia el día de los hechos, es decir la noche del estreno me manifestó que igual que Brenda usted Fernando la amaba, y estaría dispuesto a todo para recuperarla. Su relación con aquella joven actriz era solo para despertar los celos de Alexia, con el propósito de averiguar si realmente era posible volver a recuperarla. Estoy seguro que urdieron un plan para deshacerse del inspector y con ello recuperar su relación, pero no era del todo cierto, Alexia lo admiraba, lo quería, pero estaba enamorada de Brenda, algo que usted Frenando nunca llegó a entender ni aceptar. Alexia solo quería aprovechar su amor para eliminar al inspector, ya que se había complicado con el enamoramiento de Sara de la propia Alexia, cosa que inconcebible para ella.

—Un momento señor Norton —Alexia interrumpe a Jack—. Yo jamás le pediría a Fernando una cosa así, eso no es cierto.

—Es posible Alexia, pero no hacía falta, él era consciente de lo que era necesario y sobraban las palabras. El hecho es que Fernando no tuvo que culminar el crimen, ya alguien lo había consumado, ese alguien era Brenda. A Fernando no le encajaba nadie más que era ella la que pudo hacer una cosa semejante. Y es cuando decidió averiguar si Brenda fue realmente quien mató al matrimonio, por eso nos siguió al subinspector Espinosa y a mí en nuestros movimientos, cuando vio que fuimos al hotel donde se hospedaba Brenda desapareció para no levantar sospechas, pero estaba allí, posiblemente hasta dentro del hotel, a los pocos minutos de ausentarnos nosotros, solo tuvo que esperar que

Alexia saliese del hotel, él mismo la llamó para quedar en un sitio para provocar que saliese, eso le daba margen para su objetivo, subir a la habitación. En principio para hablar con Brenda, pero ella se mostró esquiva, eso le hizo pensar que nos habría dicho algo, y no era así, pues Brenda no sabía el propósito de Fernando y por supuesto menos el de Alexia, que era solo una hipótesis lanzada al aire para que él decidiese qué hacer.

Discutieron, él la agredió, tenía marcas en las muñecas y el cuello de haberse defendido de la agresión, usted Fernando sacó un cuchillo y le asestó una puñalada mortal de necesidad en el pecho. Tal vez su intención no era matarla, pero perdió los nervios.

— ¡Eso no es cierto! Demuéstrelo Norton —se levanta violentamente.

— ¡¡¡Siéntese señor Ballesteros!!! —le grita el comisario Montalbán con gesto de llamar al agente para que intervenga para inmovilizarlo por su actitud.

—Está bien, me siento, pero que demuestre que yo maté a Brenda, solo digo eso.

—Señor Ballesteros, no está en situación mantener esa postura, le podemos acusar de intento de asesinato ya por el asunto del inspector y su esposa, le ruego que se mantenga en calma —a Jack no le gusta ese comentario del comisario, no es cierto que lo pueda demostrar, es solo una conjetura, pero lo zanja cambiando el tema.

—Fernando, le ruego que se calme, tenemos la certeza de que usted llamó a Alexia después de salir nosotros del hotel, y la llamada se hizo desde el propio hotel, nos lo ha confirmado ya que las llamadas internas quedan registradas.

—La llamé, pero porque estaba preocupado por ella, pero no maté a Brenda.

—Entonces dígame, ¿quién fue, Alexia? Es la única posible —señala Jack—. Dígamelo Fernando, lo tiene muy fácil.

— ¡¡¡Noooo…!!! —Fernando está fuera de sí, grita negándolo—. Está bien, fui yo…

— ¡Señor Ballesteros!, queda detenido por presunto homicidio de Brenda Martínez, agente proceda, léale los derechos y llévenselo —el comisario Montalbán da como concluido el caso.

— ¡¡¡Fernando!!! Amor… —ahora la que llora y grita es Alexia.

—Un momento comisario —interrumpe Jack.

— ¿Qué pasa Norton? Está todo claro.

—No, no está todo claro comisario.

—Ha confesado, lo hemos oído todos, ¿qué más necesitamos?

—No fue él comisario.

— ¡Ah, no! ¿Entonces? —el comisario e incluso Espinosa se quedan perplejos ante esa tajante negativa de Jack.

—Explíquese Jack, cada vez estoy más sorprendido, ¿entonces por qué se ha declarado culpable? Norton explíquese por favor.

—Voy a hacerlo, estoy en ello, Fernando solo trata de proteger a la persona que ama sin condiciones. No digo que no fuese capaz de hacerlo, pero no lo hizo.

Fue Alexia quién mató a Brenda, el informe del forense indica que la trayectoria de la puñalada solo pudo ser por una persona diestra y Fernando es zurdo, y se han encontrado muestras de restos de esmalte de las uñas de Alexia en la ropa de Brenda. Fernando no llegó a subir a la habitación, fue Alexia quien bajo al vestíbulo, la llamada telefónica era interna, Fernando llamó desde el hotel a la habitación y Alexia le confesó que se habían peleado y que la había matado, el hotel tiene un registro de grabaciones por motivos de seguridad, allí está la conversación que mantuvieron.

— ¿Por qué no lo ha dicho antes Norton? —pregunta el comisario Montalbán.

—Porque quería averiguar hasta qué punto un hombre por amor era capaz de inculparse de un delito para proteger a su amada, discúlpeme.

— ¡Agente! Proceda, señorita Alexia Salazar queda detenida por el homicidio de Brenda Martínez, léale sus derechos y llévensela. Espero que sea todo Jack, ya no sé qué puede pasar más.

—Es todo comisario, es todo —Alexia rompe a llorar desesperadamente.

—Usted queda en libertad, aunque Norton, podríamos acusarlo de tentativa de homicidio.

—No comisario, intención hubo, pero no se consumó una tentativa a mi entender. Fernando se movió sencillamente cegado por su amor por ella.

—Está bien. Dele las gracias al detective Jack Norton, yo le hubiese acusado, esté seguro de eso.

—Gracias señor Norton, pero de todas formas mi vida no tiene sentido sin ella, me daba igual perderla pero no así.

—Vaya tranquilo, sé perfectamente lo que siente, yo no soy policía, soy detective, entiendo a las personas y sus sentimientos. Lo suyo es un sentimiento socrático, sacrificar su vida por amor lo es, se llama dignidad. Y le diré más, ella no llegó nunca a amarle como usted la llegó a amar a ella, se lo garantizo —Fernando cabizbajo abandona el lugar sin dejar de mirar a Jack, ha entendido que es un hombre de honor y su inteligencia la usa para el bien y la justicia.

—Bueno, por fin, esto se acabó, y en un tiempo récord, llegué a pensar que la situación nos superaría Norton le soy sincero —comenta el comisario Montalbán—. Vuelvo a la comisaría y enhorabuena Jack de nuevo ha demostrado ser el mejor detective del mundo.

—No diga eso comisario, el mundo es muy grande y yo no trabajo en todo el mundo —es la primera vez que Jack sonríe abiertamente—. Adiós señor comisario, hasta la próxima.

—Hasta la próxima Norton, un placer.

— ¡Comisario! Puedo quedarme con Jack, quería preguntarle algunos detalles y… —dice Rafael.

—Sí claro, por supuesto, no faltaría más, yo también me quedaría, pero sea usted quien lo haga, le vendrá bien para su experiencia y para nuestra comisaría.

—Gracias señor comisario —Rafael sonríe y mira a Jack con admiración y deseoso de que le explique cómo ha llegado a determinadas conclusiones para resolver el caso. Discúlpeme señor Norton, espero que no le moleste. —señala el subinspector Espinosa.

—No, no, vamos, le invito a almorzar en mi casa, supongo que no se negará, seguro que Veronique tiene alguna exquisitez de las suyas para nosotros.

—Seguro, claro, con mucho gusto —Rafael se siente como un alumno, un discípulo de Jack, sonríe y está emocionado.

—Y dígame Jack ¿Cómo supo la intención de la esposa del inspector de conseguir el amor de Alexia?

—Pues verá, eso fue porque la sabiduría llega con la edad, la sabiduría no es ser sabio, es distinto, la sabiduría es lo que nos mantiene despiertos y vivos, sino la vida no tiene sentido. Sara era una mujer de mundo, una mujer experimentada, y abierta a todo tipo de experiencias sin reparos. Mire Rafael, cuando se alcanza una cierta edad, el amor romántico acaba por convertirse en otra cosa, generalmente se buscan diríamos otras emociones, otras sensaciones, y más en una señora acomodada como Sara, con recursos, no es tanto que no quisiese al inspector, sino que se despiertan esos deseos que todos tenemos y que muchas veces reprimimos. Claro que eso de la bisexualidad, es otro tema, tal vez todos la poseemos pero no la desarrollamos.

—Muy interesante Jack, nunca lo había pensado y usted, ¿llegó a sentir algo por Brenda? Me pareció que sus ojos se iluminaban cuando la veía.

—Va usted aprendiendo deprisa Rafael, le confesaré que sí, era una mujer de la que podría haberme enamorado, y no es muy habitual en mí.

—La verdad es que era muy guapa, eso es cierto.

—Sí, muy hermosa, sin embargo lo que me atraía de verdad de ella era su personalidad, es decir, ahora pensará que es una tontería, su alma.

—No, no es ninguna tontería, no señor.

—Bueno es un planteamiento muy platónico, pero ya le digo, al alcanzar cierta edad se buscan cosas como más profundas que la belleza física. Platón se basa en el pensamiento socrático que le he mencionado antes, el que sostiene que la sabiduría es mantener la dignidad, y eso es lo que noté en ese hombre, en Fernando, prefería salvar a Alexia y mantener la dignidad que escapar y salvarse él, pero sintiéndose indigno. No sé si me entiende…

—Aprendo mucho más de lo que pensaba con usted. Y dígame, ¿cómo supo que fue Alexia y no Fernando quien mató a Brenda? No teníamos los resultados de la autopsia en ese momento.

—No lo supe en ese momento, solo fue una intuición querido Espinosa… solo una intuición. Como también intuyo que Alexia se peleó con Brenda porque le confesó que sentía algo por mí, parece pretencioso, pero lo intuyo. Pero es solo eso, pura intuición. Cuando digo en ese momento, me refiero a antes de la resolución, pero antes de llegar al teatro llamé al forense, que me confirmó lo de los restos de esmalte de uñas y la trayectoria del cuchillo que era claramente de una persona diestra, por eso argumenté eso, sabiendo que Fernando era zurdo.

— ¡Vaya! Usted va siempre un paso por delante de todo.

—Usted tendrá que hacer lo mismo para su profesión sino siempre irá a remolque de las evidencias claras y de la inteligencia de los delincuentes que también entra en juego —Rafael se queda pensativo—. Bueno ya estamos aquí, vamos a ver qué sorpresa nos reserva Veronique.

—Sí, vamos Jack.

—Veronique, ya estamos aquí, buenas tardes, ¿qué tenemos para comer?

—Hola Jack, hola Rafael, pues un pastel de riñones.

— ¿Cómo? ¡Por Dios! Veronique.

—Es una broma Jack —todos ríen a carcajadas esta vez. Ja, ja, ja…

———————

FIN

Tres rosas.

Tres rosas es la primera entrega de una saga de novela corta en edición de bolsillo de corte clásico pero con connotaciones que rompen con las estructuras rígidas de este género. Su protagonista Jack Norton, además de ser un detective privado tradicional, también es un estudioso del comportamiento humano, capaz de descifrar los valores individuales de las personas y escarbar en sus sentimientos y esencias para la resolución de sus casos.

Está estructurada en un capítulo único, pues su acción se desarrolla en un breve espacio de tiempo, apenas dos días. Y a pesar de la complejidad del argumento el dinamismo es total y no deja al lector margen de cansancio, es probable que algunos la lean de un solo tirón.

La parte final conlleva esa dosis de filosofía que es necesaria para entender los actos de vida de los personajes y la apertura de ver los distintos planteamientos de cada uno según su manera de entender la vida, y así poder analizar cómo se llega a determinadas situaciones.

Como dijo el filósofo español José Ortega y Gasset en su conocida frase *«mira, es que yo soy yo y mi circunstancias»*. Entendemos que nos está queriendo decir que no todo lo que le sucede depende de él, que él no es del todo responsable porque también han influido las circunstancias. Lo que no es tan conocido es cómo sigue esa frase *«y si no las salvo a ellas no me salvo yo»*. Es una forma de tratar de interpretar los actos analizando las circunstancias que llevan a realizar según qué actos.

———

Juan José Donaire García

Juan José Donaire García.
(Barcelona1954)
Poeta y escritor
Entusiasta de la filosofía y del comportamiento humano como base para analizar los actos de vida.

Autor de diversos títulos entre los que destacan, Te hablo a ti y Aquel nuevo amanecer, en el apartado de novela y como obras poéticas ¿Quieres ser poeta? Arte y oficio, la antología Poesía "sine qua non" y Poesía "sine qua non" volumen II y Para Elena, además de otras colaboraciones.

Ahora inicia esta saga de novela negra y corta inspirada en esos peculiares investigadores de mediados del siglo XX, pero con una carga de existencialismo y el análisis de la capacidad del ser humano para realizar actos perversos por las circunstancias que rodean situaciones de amor, desamor, pasiones y deseos que de otra manera serían del todo inverosímiles.

La primera entrega es esta titulada Tres rosas, cargada de intriga y de conspiraciones que mantienen al lector como hemos dicho inmerso en su trama y cuyo desenlace es más que inesperado

Próxima entrega:

Copyright © Juan José Donaire García